不知春

草木君 著

东方出版社

图书在版编目（CIP）数据

不知春 / 草木君著 . —北京：东方出版社，2020.5
ISBN 978-7-5207-1280-4

Ⅰ . ①不… Ⅱ . ①草… Ⅲ . ①散文集－中国－当代 Ⅳ . ① I267

中国版本图书馆 CIP 数据核字（2019）第 272668 号

不知春

（BUZHICHUN）

著 者：草木君
编 辑：杨 园
校 对：谷轶波
出 版：东方出版社
发 行：人民东方出版传媒有限公司
地 址：北京市朝阳区西坝河北里 51 号
邮 编：100028
印 刷：北京汇瑞嘉合文化发展有限公司
版 次：2020 年 5 月第 1 版
印 次：2020 年 5 月第 1 次印刷
开 本：880 毫米 × 1230 毫米 1/32
印 张：9.5
字 数：80 千字
书 号：ISBN 978-7-5207-1280-4
定 价：78.00 元
发行电话：（010）85924663 85924644 85924641

序　气味清和兼骨鲠

黎戈

很多年前，在微博上认识了草木君。那是2010年前后，微博刚刚兴起的时候。没有那么多大V，也没有那么多商业运营号。当时的微博，还是一个安安静静、同类型和自然群落式、大家在小圈子里分享私人风景的平台。就在那个原生态的微博，我见到了草木君。

只要把几个印象一叠加，就能形成一个清新出尘的小女子形象：在武夷山种茶、月落时骑车去小溪下游看星星、睡卧石头上看月亮、采茶花回来伴茶与风月对饮、喝家里酿的红米酒，闲时去找道士闲聊，下山回家时对方以箫声相送、在集市上买山里长的野果子，回家一边吃一边查《本草纲目》……风声、岚气，扑面而来。

前些年，在去南方的绿皮车上，二十多个小时的车程，有一些时段，应该是穿行在闽地山区，曲曲折折、山清水秀，九水十八涧，这种山景在望的时刻，我总是抛书掀被，从卧铺上爬起来，望着窗外，望了又望。而草木君，自小便生活在这山水间。她吃住在山里，山里丰富的物产养大了她。有些食材超出我们城市人的想象，比如"木槿煮汤、金樱子花煎饼、映山红、赤楠、地稔、鼠曲草、八月裂，酸枣儿、仙草蜜、苦槠糕、松木柴里剖开的天牛幼虫……"，至于木芙蓉煮豆腐汤，更是常吃的。

她对少年时代的记忆，就是每天在茶场捡拾茶梗（她是家里最小的孩子，这是分配给她的工作），茶香弥漫在她的记忆中。于是，她的性格里，早早便有了茶的底色，淡且慢，润泽喉咙，让在生命逆旅中穿梭的旅人，安顿了身心。

所以，当她放弃了大学生涯和大城市的生活，回到深山，内心却是回归的安乐和适意。她开了制茶工作室，又办起民宿，步步开拓，稳扎稳打，看似诗意的生活，其实有理性和坚实的操作为骨架——她卖的是岩茶，一种生长在岩石间，味觉层次感很多，"有金石之气"的茶叶，"气味清和兼骨鲠"，这正像是对草木君的描述。

她爱拍照，拍些瓜藤、干柴、猫狗，拍"枯枝待雪"的庵中白梅，拍野生野长的草木，自由自在、生活中随处可见的事物。也随手写些慵懒心事，这些，是她心中的美，被触发了，忍不住想留影或成文。也并不为了示人，像她自己说的，她是内向不爱说话的，却爱自己对自己说话。有一首歌，也是类似的歌词，是我喜欢的一个作家写的词，那首歌里有寂寞，却是热烈之人的余烬般寂寞，让人心生疼惜。而草木君的寂寞，是失眠时有猫可抱、有泉可听、自得其乐、天心圆满的。我们在旁边看的，不觉得有去"慰寂寥"需要。

她有细密的心思，说给自己听。她看见落花残蕊，她感发叶叶随风自从容，她存照天地之间的美，她记录琐碎的小心思，这一切，只是因为她喜欢，她是一个自足自转的体系。我看她文章的时候，觉得只要看到心里去就好了，并不需要硬挤进去。也希望每一位看书的读者，都安静地阅读，让这些不染尘的文字，像雨水落入山林，慢慢渗入你的心田，开出心花来。

目　录

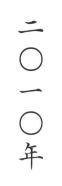

二〇一〇年

傍晚的家有了乌云的颜色，风来小小的院子里，数完了天上的归鸦，孩子们的眼睛遂寂寞了。晚饭时妻的琐碎的话——几年前的旧事已如烟了，而在青菜汤的淡味里，我觉出了一些生之凄凉。路易士

2010-5-24 17:59

吃面的时候，康师傅和老干妈相遇了。

2010-8-29 15:41

她用双手分开黑发，一枝野桃花斜插着默默无语。

2010-8-24 22:49

夜客访禅登峦峰，山间只一片雾朦胧。水月镜花，意念浮动。空不异色，色不异空，回眸处灵犀不过一点通，天地有醍醐在其中。寒山鸣钟，声声苦乐皆随风。君莫要逐云追梦，拾得落红，叶叶来去都从容，君何须寻觅僧踪。一切自在，晚安。

2010-8-2 23:11

我觉得山东地名很美：栖霞，潍坊，淄博，枣庄，菏泽，威海，烟台，莱芜，聊城，招远，兖州，沂水，曲阜，日照，蓬莱……汽车站有感。

2010-9-30 14:33

活得匆忙，急于感受。

2010-9-15 23:02

今天于书摊买了一本《聊斋》，读得津津有味。看到《犬奸》这篇，匪夷所思。这段很缠绵，如下：乃某者，不堪雌守之苦，浪思苟合之欢。夜犬伏床，竟是家中牝兽，捷卿入窦，遂为被底情郎。云雨台前，乱摇续貂之尾，温柔乡里，频款曳象之腰……

2010-9-4 22:03

《在少女们身旁》虽说是一部小说，但我从这部小说里看到了我身边所有人的身影和弱点，包括我自己。普鲁斯特的敏锐和天才直击内心。我一直惶惑、欣喜、害怕且赤裸裸地读着，一双透视一切的眼睛一直审视着我。

2010-10-23 19:16

一场热烈的旁白之后是曲终人散的深秋，我往山里慢慢行去，细雨纷飞，风儿轻摇，落叶孤独起舞。满地的落红残蕊，零落成泥碾作尘。这是一个萧瑟的季节，为死亡的搁下句点，为新生的埋下伏笔。到永福寺祈福，寺庙庄严和安宁的气息笼罩我，扫去心室一切尘埃。愿岁月静好，现世安稳。

2010-10-24 13:52

和老妈小酌二锅头，坐等她红霞飞上脸时滔滔不绝话当年。

2010-11-21 17:58

昨晚一阵新雨，今天上山，茶花落了一地。

2010-11-22 18:51

正在读《倚天》，读到蝶谷医仙胡青牛不甘寂寞和张无忌探讨医理这段，想起今天和老妈说到海波叔。当年我们一家和他住在同一座山里，方圆几里只我们两户人。老妈开玩笑地说：我们一家不在的时候你没人说话，养只狗好了。海波叔果然带只狗回山，终日和狗作伴。他这一生苦得很，但也自由得很。

2010-11-22 23:09

"一生不羁放纵爱自由"这句可以恰当地形容海波叔。我们问及他为何不养些鸡鸭牛羊在身畔，他道妨碍自由。每当有人来质疑我对人生的选择和我所谓的坚持自我时，我会想起海波叔那风中摇摇欲坠的茅庐和那口因缺乏油水满是铁锈的大锅。他一生最爱的是自由、烟和酒。

2010-11-22 23:57

老妈笑我痴，一顿早饭还要坐公交去武夷宫。武夷宫古树参天、落叶铺地，一个小小的面摊摆在大王峰下、万春园前，极致清幽。武夷宫又名冲佑观，曾是盛极一时的道院，宋朝时房屋达三百多间。朱熹、辛弃疾、陆游等人都曾经夜宿冲佑观。古迹虽已付诸流水，但是坐在面摊前吃碗热乎乎的水饺还是很不错滴。

2010-11-25 16:28

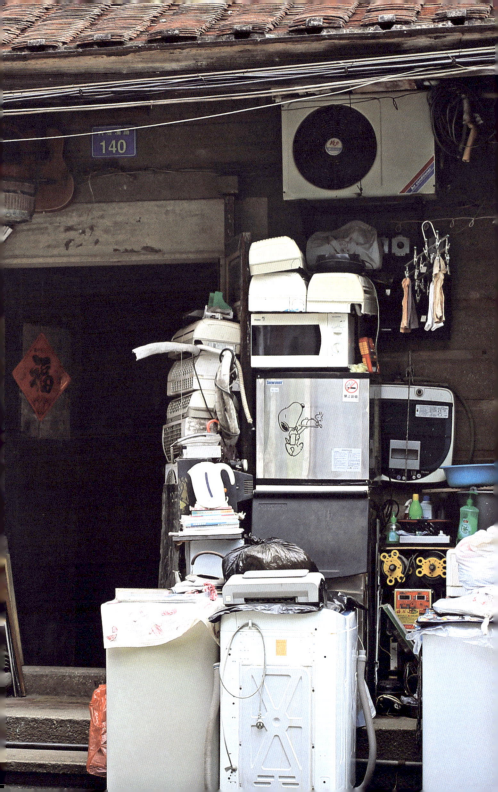

竹林掩映的柳永馆。武夷宫里的柳永馆没什么好逛的，不过环境清幽，坐坐也很好。柳永虽是武夷山人，但也只在家乡待了十六年，离家后终生未返。我粗略翻阅过清人董天工编纂的《武夷山志》，没有丝毫关于柳永的记载，想是一生风流怪诞，不入正史之流罢。但是我很喜欢他。

2010-11-25 16:41

出门，面对家里做客的三四个五六七八岁的小孩，我潇洒地推出我的自行车，他们怔怔地送我到门口，我甩一甩头发，满脸堆笑地对他们说：孩子们，等你们像姐姐这样大的时候，也可以骑自行车一个人出去玩儿了。我看到他们眼底流淌出的贪婪的欲望。

2010-11-26 20:55

二〇一一年

刚坐公交过西湖，正当落日残血雷峰夕照，悔恨不算准时间赏西湖暮色，但转念就释然了。人生哪能精准十分，不错个一星半点的怎叫人生。古有云：曲有误，周郎顾。姑娘不弹错怎引俊雅周瑜频回顾。再如中国戏名，《花田错》、《风筝误》，要是那女娲补天不多出一块石头哪能牵出一部爱怨嗔痴的《红楼梦》？错点好呀。

2011-1-10 17:25

夜凉如水，夜色常以月光为代表，如水般倾泻的月光流进窗台，树影斑驳。半夜，小黄猫常蹲在窗台上，我也会醒来站在窗边，一人一猫，看外面黑黢黢的山，全身都被月光浸了个通透。现住的地方星星稀少，我常骑车到河的下游去，在桥上仰望一整个璀璨的星盆，枕着旁边的武夷山，顷刻，我便拥有了所有美好。

2011-1-12 01:24

来，回首风烟，看看自己中学时代写的那些幼稚煽情且再也写不出的东西。例如岁月的尘埃压着这薄透易碎的心……例如记忆的风溢满我的胸臆，激荡着风声水响……例如曾经彷徨失措，又在每一个咆哮的夜晚喑哑……例如你的笑在无边的迟暮中拓展成烟岚……还有那时很喜欢用感叹号。杀了我吧，我快被自己笑死了，飙泪。

2011-1-25 21:05

总算在俺的中学笔记中找到一句自己比较喜欢的话了：秋心合一便是愁。

2011-1-25 21:40

为什么现在赶集都没有看到人家来卖猫猫？每次出门看见猫都想拐回家。昨晚梦了一晚上猫。

2011-1-26 12:01

把单放机在右枕上，来来去去都是《再回首》，却还是听得泪眼蒙眬，哭出声来。晚安，明天或可把魔障消除。

2011-1-26 22:25

人生苦短，无妨蹉跎。贤惠如我，深夜织脖。

2011-1-26 23:02

夜再深，雨再下，也挡不住我那一颗远离周公的失眠心呀。

2011-1-27 01:26

烛影深，晓星沉，乱世出佳人。可你听过失眠成就帝王么？就是我呀，刷屏帝。哼。

2011-1-27 01:39

没刷的你满屏是我呀，不知道我花落哪片心田。

2011-1-27 01:41

轻声唱来悄悄和，起床喽，莫待那时光流水去，且让俺去当这蓬蒿人。

2011-1-27 06:52

有的人在夜间飞墨，有的人在清晨顿悟。唉，我真是黑白俩煞，双管齐下。总的一句，年轻人呀……

2011-1-27 08:02

各位要我给佛祖带的愿望我一一许了，两岁的白云宝宝带着我拜佛，我们都很虔诚。上次见她是2010年7月，再见已经长大不少啦。在寺庙待久了的孩子充满了灵气，眼神清澈。

2011-1-27 14:11

我再一次站在白云寺极乐国的悬崖上了，可能真的已经修炼到家，完全没有心惊肉跳的感觉。

2011-1-27 14:31

已数不清第几次到白云寺，如同不记得吹过多少次大王峰旁栈道的风。朋友说我是因记忆力不好才把每次进山当成一件新鲜事，但实际上不能记住的必然是没有闯入我心的。像今天这样大雾笼山的天气估计要一直持续下去，对一个无事的人，这真是一种福利。九曲溪的水已经提前进入春天了，碧绿通透如玉石。好梦，我睡了。

2011-1-27 20:47

公车上，我仔细看着那些小姑娘，从她们眉宇间找当年的我。在山边骑车，看着曾经常去的山脚下停着自行车，嘴角上扬，神往。是否也有个小姑娘拿着书躲在悬崖边的石凳上读着，一回首发现周围全是冥币，魂不附体，跑下山时把鞋跑丢了。

2011-1-28 13:35

听小娟的民谣，闯入我耳的第一声是这样惊为天人。我踏着方格跳了一整天，想起许多美好的事，笑声不经意蹦出来好多次，就这样天黑了。睡，觉。

2011-1-28 19:32

晚间唯好静，万事不关心。

2011-1-28 20:54

下午骑车去街上逛了一圈，部分店已经关门，这个没有年味的地方。前段时间，门口的灯笼被风吹走，今天搬来高梯重新挂了上去，也算是比较有年味的事吧，虽然夜晚走出去，寒风吹得一条街恍如《聊斋》。除了攀悬崖，换灯泡，炒小菜，站木桩，我的字典里又增添了一道，挂灯笼。

2011-1-29 19:06

今晚浮云散去，一颗又一颗小星星相继探出了头，戴着眼镜骑车到兰汤桥看星，周围的环境突然清晰规则起来，烟花全失，朦胧不再。以前以为是全世界，现在自卑到一粒沙，不过我喜

不知春 ——

欢坐井观天。靠着桥仰望星辰，回忆被时光抚摸。脚下溪水流淌，真想跳下去做你们永远的孩子。晚安。

2011-1-29 21:19

年味在我心中尚存的表现：过完除夕，我就只记得农历不记得新历。

2011-1-29 23:21

三点钟，打电话骚扰谁呢？其实我不是失眠，我是刚睡醒，中气十足，就差笑傲江湖了。真是能屈能伸能眠能醒的如花年纪，我被自己骄傲了。

2011-1-30 02:56

我侧躺着，贴近地面，通过固体传声清晰地听见楼下有野猫出没，我是理科生。

2011-1-30 04:21

一张大床一个人睡，也能忘情地把自己睡到地上去。不用修炼即已达天为被地为床的境界，这就是天赋。

2011-1-30 06:10

我不擅与人交谈，但我确是个话唠，大多数话我讲给自己听。我已经想到自己的老年光景：一个鹤发白眉拄着拐杖一背佝偻两腿摇晃双唇哆嗦老态龙钟的老太太站在树下，絮絮叨叨，讲给山讲给水讲给过往的鸟儿听，地球人一到，她小嘴一噘，噤口默然。这么傲娇的老太太，真是让人神往。

2011-1-30 07:56

永生有什么好呀，直到有一天世间再无秘密，做的所有事都在不断循环，而你还活着，真是比死痛苦。

2011-1-31 17:52

这两天情绪低落心情绝望，走在街上，阳光强烈，看每一个人都长得一张末世脸，往哪走都觉得通往地狱。现在织了两条围脖，心情大好，看来织围脖也有强身健体、延年益寿、使人展颜、促人宽心、美化世界、提高乐观度、改变轻生态的功效呀，每日服用几帖，眼睛月牙湾，小嘴开口笑。

2011-1-31 18:13

"雨声潺潺，像住在溪边。宁愿天天下雨，以为你是因为下雨不来。"

2011-2-9 22:00

刚切柚子，褪掉皮只剩和鸡蛋一般大小的果身，欲宣泄下不满，但想了一会，兀自笑了，大冷天的，柚子穿厚点也没有错。

2011-2-10 16:51

记：胖姨、表姐、表姐女儿同来，在门口浴着阳光。我猫着腰，蓦然抬起头，见其三人坐成一排摆出同一表情，惊人的相似以岁月递进。若有所悟地哦一声，狡黠地笑了。我们总以为这安排宿命名为上苍的力量躲在层层云背后，以凝然的表情旁观亲手设下的世间轮回。其实哪有形，他无所不在。

2011-2-12 22:18

记：开了十余年的理发店，幼时初见，老板娘红唇卷发游走在一群洗头小生间。今见，她絮絮叨叨一身赘肉，荒凉的摆设，水龙头上的铁锈冒着旧黄的水泡。靠着椅背，在一面粉漆剥落的墙前，闭眼想出一句：繁华大抵是一面刷了新漆的墙，墙漆褪去，裸露出方砖，用指甲一揩，不过是一点灰屑，风一吹就没了。

2011-2-12 22:44

中午，一路泥泞到达五夫镇，许多人从未耳闻过五夫，但国人基本都知朱熹，五夫即朱子治学大半辈子的地方。在百转千回的古巷里边徜徉，这里更甚西塘等江南古镇的地方在于鲜有商业痕迹，民风仍旧质朴。叠着先人的足印，古井、书院、雕花、红砖，雨滴敲打青瓦屋顶犹如弹奏黑白琴键，把晌午一下奏成了黄昏。

2011-2-13 17:18

"那种吃苦也像享乐的岁月，便叫青春。"

2011-2-13 20:10

莲花峰有寺名妙莲，寺门对联：参莲华妙谛悟万法空空；读贝叶真经得一心了了。一路读摩崖石刻，极喜欢刻在不同地方却能凑成一对的八字：佛影婆娑，禅骨嶙峋。妙莲寺的悬崖栈道比白云寺险，但有护栏。用一句诗来形容我这种骑了两小时单车又爬了一座山欲仙欲死的半虚脱状态：素手把芙蓉，虚步蹑太清。

2011-2-14 15:33

下午出莲花峰看到一幅温暖的场景，遐想一段文字应下情人节的景：爱是年少时你住村头他住村尾每每碰见了低头不语，扯扯裤管。后来你嫁做人妇，他成了家室。辗转古稀时，你暂弃那一篮子破家事织着毛衣满头银发从他身旁走过；他且丢开那一堂儿孙满光着脚丫老态龙钟浴着阳光不说一话。爱，大抵如此。

2011-2-14 19:57

对元宵节最深的一次是在乡下，孩提时代。傍晚就跟着舞龙的队伍，拽着爷爷用竹篾编织的大灯笼，微红的火光在里边扑朔。舞龙从此村到彼村，热闹非凡，孩童的心也跟着雀跃。到了尾声，队伍踩过黑暗中的田埂，远方村庄灯火闪烁，在空旷的地方一把火烧了整只龙，映天的火光打在脸上，年就算过去了。

2011-2-18 10:03

我喜欢去空气里嗅那些凝固住的烟火味儿，像抓住年的尾巴，凑份子似的添上一笔对年将过去的祭奠。在这漫天的烟雾中感

受我是真实存在的，而非虚幻。

2011-2-18 10:18

白酒比啤酒好喝，抿一小口，唇齿留香，喝小半杯，就可半醉。半醉的人做什么皆行云流水。

2011-2-19 08:41

喜欢郭靖的傻，段誉的痴，杨过的孤傲，黄老邪的不羁，周伯通的玩世不恭，如此这般，所有的优点会合起来就是陈升。想嫁给陈升的女人举个手。

2011-2-19 09:28

无情最是台城柳，依旧烟笼十里堤。文人大多一厢情愿，台城柳哪还是六朝时的台城柳呀，早也物非人异。人主观地认为年年岁岁花相似，岁岁年年人不同，你问过花的感受么？那是因为你不了解花儿。说不准花正在叹：花前的人哟还是一样，可我的瓣儿却已经谢了一半。你认为的世界非他人所识也。

2011-2-19 09:49

靠在一中的门口看了半个小时高中生，忍不住赞叹还是年轻好呀，每个高中男生怎么都那么正太范，粉嘟嘟的脸简直可以掐出奶油来。

2011-2-20 10:07

在我妈认为我精神异常我姐认为我有一天会上五台山我朋友认为我疯疯癫癫的情况下，我终于要光荣地回杭了。我最舍不得武夷山的寺庙，真的，杭州难道就没有这样偏僻的朴素的小庙吗？泪。

2011-2-20 22:28

半夜醒来，小小的车厢里各种欢乐的鼾声打成一片。真是与众不同的合奏，又可爱又特别。起床看夜幕缓缓褪去，想起《金蔷薇》里关于安徒生的那篇《夜行的驿车》，还真是个适合写童话的夜晚，早安。

2011-2-22 04:09

沿着车厢的边沿，走过许多人的睡梦，仿佛经历了很多悲欢离合。

2011-2-22 04:33

早上有人问我为何过了个年反而瘦了，随口答了句，因为我经常上寺庙吃斋哟。现在回想起来不对，待在庙里吃斋大概只会胖吧，因为有不成文的规定，每顿斋饭必须吃足三大碗，我每回只吃得下两碗，最后一碗以米汤充数。说到这儿就想起今年到底何时才可进白塔山修炼呀。吃素第二天，一切良好，晚安。

2011-2-23 22:12

我小时多病，基本吃中药。一次脖子里边长了东西，我妈牵着我回村子，走过小巷踩着青石板叩开一扇木门，门吱呀地打开，一个小院子，错落晒着一盘盘中草药，木架子上攀着青藤。一位华发白须的老者戴着老花镜给我看病。后来我不记得我的病怎么了，只记得老中医被手捻得顺白的胡须，有仙人的味道。

2011-2-24 22:42

去年追问过母亲这件往事，我说：妈，你还记得住在那个巷子里给我看过病的老中医吗？就是那年……母亲狐疑地看着我说从来没有这号人我也从来没得过这种病。这种感觉你懂吗？记忆不可重现，它成了如梦幻影，真实和虚假无从可考，看王家卫读王朔，这种回忆和幻觉的混乱造成的表象产生了共鸣。晚安。

2011-2-24 22:54

周日天气明朗，不打算出门，一大早卧在床头读去年从周末书摊淘来的《雅舍小品》，好几次都被梁实秋趣味横生的文笔逗得哈哈大笑。不谈政治，从小事作文，于平凡点滴事间见哲理，这种生活气息浓郁的散文就是我的最爱。忧国忧民的朋友们呀，试试群居终日、言不及义的生活吧，哈哈。

2011-2-27 10:46

水果店的猕猴桃涨到三块五一只，我认识它的时候，不叫猕猴桃，叫毛冬瓜，野生，体积偏小。秋天，从山里走过，每棵树都留心观察着，这种藤类野果极有可能攀着大树好乘凉哩。有幸发现就找根长竹去敲打，轻轻地咬一口落下的毛冬瓜，绿色的汁液溢满唇齿，忍不住往外跑的果香从我满足的叹息中发散出去，啧啧。

2011-2-27 21:28

说到树，想起一老中医。小学时顽劣爬树摘板栗失足把手摔脱臼。妈领我到隔壁县城一深长弄堂里的人家，记不清医生的样子，他把我领到无光暗房，而他跑到二楼喀嚓拍了片，然后在天井旁长凳上信誓旦旦地说不拍片也能接好手并以迅雷不及掩耳之势伴随着破天惨叫啪嗒一声移动了错位骨头。然后我包着草药回家了。

2011-2-27 22:06

读《红与黑》时中间穿插回顾了几回《神雕侠侣》，诧异地发现德雷那尔夫人和小龙女惊人地相似。俩人都清丽绝俗，在相对单一的环境中成长，内心皆纯净如处子，同样违背所谓礼教爱上一个比自己小且嫉妒心强戾气重的男子，前者于连，后者杨过。今老师讲乱往往有意外惊喜，看，这就是混搭后的伟大发现。

2011-2-28 22:27

今天看到的：花生米与豆腐干同嚼大有火腿滋味，改天试试。晚安。

2011-3-21 22:25

一群人往白塔山赶，爆竹在小孩的手里拿着，清朗的月夜，你靠着屋顶的栏杆，眼底盛满了无奈的波澜。是夏天吧，风儿把落叶吹散，你裸露的脖颈很美，你转过身问我：这该死的人生要怎么办？我笑了笑，在栏杆上写下：南无阿弥陀佛。（上半夜的梦，本午夜梦醒时记的，现在只好零零碎碎拾些。）

2011-3-22 05:53

你打把绸布花伞走来，洗得通亮的蓝色布裙拂起了褶子，脸微长丰腴，两朵胭脂云，从我身边凌过，蜷曲的长发飘散，发尾用绛红色的绳子微微打了个髻，像倒放着的琵琶，是给风儿弹奏吗？笑着骑车，耳机里在放陈升的歌，清晨的雨滴欢乐地在舌尖上跳舞，想起自己喝黄酒的模样，有点微醺了。

2011-3-22 09:05

我想回家吃清明粿，采杜鹃花，扫奶奶的墓，吃庙里的饭。可是清明节不能回家。

2011-3-22 09:25

一想到黄酒，没喝就要醉了。掩面隐去，免动凡心。

2011-3-22 11:54

奶奶停灵了七天方下葬……每过一天死亡的气息就淡一点，身披孝布的人夜夜守灵，请来的乐队日日敲打，酒席流转夜宵不断，孩子们简直要雀跃起来。送葬那天，天气很好，长辈们无需酝酿，哭声信手拈来，一路只闻震天哭喊不见有泪，妇女们掩面哭泣，不时觑着眼，都是天赋异禀。

2011-3-22 17:33

薄睡易醒容易破坏夜的深沉，第一次醒，无梦，是为记。

2011-3-22 23:41

只有老人才会这样六点钟就起床散步吧。请叫我老婆婆。

2011-3-23 06:59

有志愿者贴出领养动物的照片，正经养宠物只养过猫。猫独立不依附，不敢想象哪个有生命的物体离了我不能生存，也不相信自己有耐心毅力可以负担一个生命。大部分时间需要独处的人会喜欢猫幽独的灵魂，更害怕目睹它由生至死，养过的猫大多离家不返远走天涯，生死两不相干。做其他事也一样，不能善终就得避免开始。

2011-3-24 11:55

又喝了半斤老酒，后劲很足。拍夜景的时候半醒半昧，神志不清，幸好没摔河里。不过酒鬼还是找到了回酒店的路，安了，安昌。

2011-3-25 20:13

有事提早结束旅程回杭。买了酒，等会儿酒后话绍兴。到了

不知春 —

安昌蓦然发现所有的猫猫都是被绳子绑着的，因为安昌的特产是腊肠，可怜的安昌猫。且待俺去沐浴，回来写游记。

2011-3-26 19:12

昨天在绍兴，中午时分，把旅馆房间的桌子椅子搬到了院子里。楼下便是小河，乌篷船摇橹而过，船桨碰触流水的轻柔声音贴着耳膜，阳光暖暖地爬上脸，对面院子里的小狗不断地吠着。浸淫在三月的江南天里，读一会儿书，看一会儿温婉安谧的风景，想一些无关紧要的事。我和老板娘说，下回来，还住这里。

2011-3-27 09:25

细细想，安昌不是一个带着酒味儿的古镇，没有络绎不绝的游客，也不曾有酒吧和专门拉拢游客的店铺，声色犬马、纸醉金迷更是休提。天一黑店铺就歇业，古镇便浸润在黑暗里。在微博上见一博主写他喜欢的作家分两种：酒色和茶色。当时惊为天人，一语道破心中疑惑。安昌应是一个茶色古镇。

2011-3-27 12:36

安昌乌篷船值得一试。十元便可饱览两岸风景，老人凭栏而坐，矮矮的屋檐低垂，晒着的菜干，河岸边的酒家，青砖白瓦梦里江南。一人坐在乌篷船上，船桨碰触流水的声音轻贴耳膜，沐浴在阳光里，水波温柔。船家讲着听不懂的绍兴话，忽长忽短的声调，说些陈在风烟里的故事，转瞬即逝（殚精竭虑，写长篇可减肥）。

2011-3-27 12:45

在绍兴逛，完全用不上地图。既不去鲁迅旧宅，也不逛名人故里。扎在绍兴老街的蜿蜒长巷里溜达。在一小巷听到有人念经，走了进去。房子外边摆着黄酒、肉和香烛。我问这是庙么？不是，我很好奇，就问我可以进去听么？他们说当然。于是坐在一群老人中间听他们念"南无阿弥陀佛"，其中年龄最长的一位已经九十八岁。

2011-3-27 15:51

我想之所以活在当下，是因为对未来还有期许吧。有些时候，没有悲伤，也不欣喜，不惦念任何人，回忆不起执着的往事。食色性抛了开去，只是凝然呆滞，找不到可依托的物质，一切成了虚妄，不复存在。每到这时，就想起那首诗的最后：在青菜汤的淡味里，我觉出了一些生之凄凉。这该死的人生。

2011-3-27 18:06

半思后代沧田，半想阎罗怎见。
酒饮半酣正好， 花开半吐偏妍。

2011-3-27 21:09

直木先伐，甘井先竭。物极必反，天道忌满。且让半酒半诗堪避俗，半仙半佛好修心。人生是苦乐参半最好。清晨感

不知春 ——

悟，记。

2011-3-28 07:45

隐身山林不是容易的事。我接触过的只有海波叔坚持到离开人世。他是单身汉，住在我家的山里，我们家不务农，把田地分予他种，他自给自足，爱叼着烟杆，也爱捕些野味喝两口。没有坚固的房子，茅草房。军用大衣铺的床，很硬。锅因为不见油荤，变得土黄。闲来无事最爱和狗聊天。多么强大的内心才可安之若素。

2011-3-28 22:47

愚者有大智，性痴者志凝。

2011-3-31 12:09

黑暗中听到一位姑娘口出"妈的、脑残"等秽语，清冷的夜呀，听到这些掷地有声的话，真是惊开六叶连肝肺，真想替她大声鼓掌，好久没见到这么豪气干云的人了……

2011-3-31 20:58

竟然来不及买一条碎步花裙把自己变成小清新去看油菜花……

2011-3-31 21:03

好酒能回味，好茶可回甘。往者不可谏，来者犹可追。痴人说梦，闲人莫怪……化蝶去。

2011-3-31 23:00

今天，龙门古镇，猫。

2011-4-24 17:41

成功甩掉组织后潜入龙门古镇的当地人家里，一只大猫五只小猫。

2011-4-24 19:41

去超市，到公共单车处，只剩一辆，一看，车链子掉了，甩甩头发，心想小意思，手到擒来。掏笔，手笔并用，修完前边，发现后边车链卡死在轮子里，痴心一来傻劲一上，绕着车上下其手，和它杠上，二十分钟过后，五指沾满油垢，在烈日炎炎大汗淋漓中起身，哭了：我错了，有这时间已经走到了，重点是还没修好。

2011-4-25 14:27

没有乱世，哪来竹林七贤，哼呀。

2011-4-26 11:13

好吧好吧，我现在有点醉，何妨醉话一番。他日草木君入山结庐落草为农半隐半仙半酒半茶半癫狂时，如若新浪微博还在，如若你们还在，凡看到此微博的朋友，不论天南海北来武夷，都奉酒一碗，醉谈一番！哼哼哈嘿！

2011-4-26 11:29

不知春 ——

看《水浒》这类书容易五迷三道，进入痴人境界，回来喝了点酒，顿时清醒不少。

2011-4-26 12:52

凉粉草，别名仙人冻。花小，淡红色。夏天，把新鲜的凉粉草采来，捣烂出汁水，加入牙膏或者柴火灶里的炭灰，便会凝固，也就是仙人冻或者凉粉，这是幼时百无聊赖下的产物，权当玩耍，加了凝固剂不可食用。回忆起来，新鲜叶子制成的仙人冻碧绿如玉石，斑斑点点的渣渍嵌在其中，叶汁的清香淡然自在。

2011-4-26 17:12

站在窗前和友通电，染着余晖的碎云从北渐往南移，飞机拖出的银色尾翼巧妙地在它们的间隙中穿梭，几只无声飞过的大雁如画者墨笔下那三两蜻蜓点水，清风徐徐，滚着热浪。友人关于感情、工作、未来的话贴着耳际，看着天，絮絮劝慰几句。话尽了，云去雁归，唯剩天际淡漠的绯红。

2011-4-26 18:55

天真及幼稚是我常葆快乐的重要因素。

2011-4-26 22:54

雷滚了一夜，早安。

2011-4-27 05:41

世上全是凡人却又都不平凡，每个人都有天赋异秉的地方。对他人素来以敬字相待，认为隔着距离的相处方式最合乎自然法则。自小未曾被家人束缚，得到完全的自由，也致使常感亲情疏离，有得有失。来世上走一遭，磕磕碰碰在所难免，人各有志，各自相安即可，生死与人无尤。最恨他人逾越边界，好为人师。

2011-4-27 08:35

说到底我们眼中的世界本就是一场心生的幻觉，你的所识所想所得所悟只适合你，并不能契合他人的观念，所以志同道合者最是难求。正如张爱玲所说的一句话，知音如同一面镜子能照出你天性中最优美的部分。一花一世界的道理，稍微想想，便可了悟。

2011-4-27 09:16

这风吹得，太瘦的人不能上街。

2011-4-27 15:32

除了十点多睡五点钟起这样的生物钟对不起猫族之外，我的确由内而外地是一只猫。

2011-4-28 07:50

和朋友走聊，莫名其妙谈到某老师，笑说这类沾了点民国遗风却又在仕途上抑郁不得志的老男人骨子里都会期待乱世。我

也期待乱世，和他们不一样，我想遁世。

2011-4-28 09:20

天热得要冒烟了，躲着回来喝点酒，对着屏幕想念烟台腊肠。

2011-4-28 14:34

父亲送给我的几样旧物：一本没有封面的《本草纲目》，一套来自北方的《菜根谭》，一个海螺，一块玉佩。玉佩多年前失手打碎，去哪儿暂居都会带着的是《本草》。

2011-4-28 19:15

终于想到明天该干什么了，采金樱子做刺花饼，山里应该还有野草莓。

2011-4-28 20:00

仰颈噙上所有的往事转一个圈，两手空空，在黑夜里就地萎去。这是我能想到的最好方式。可是我没料到的是，这个圈艰难到需要花上一生的光阴。

2011-4-28 20:56

耳际里正响着一首歌，唱歌的两位都已经故去。梅艳芳，张国荣，芳华绝代。

2011-4-28 21:27

不知春 ——

在最好的季节回到这辈子最割舍不下的地方，早。

2011-4-29 05:09

扁肉。和馄饨不一样的是它的肉馅经过千锤百炼，韧性十足。

2011-4-29 10:22

吃毛竹笋的季节已过，现在是花壳笋的天下。中午的花壳笋是朋友送的，野笋长于千米海拔之上世外桃源之内的桐木挂墩。山野人家，别的没有，野味最多。老妈让鲤鱼和笋同炒，觉得有些暴殄天物，笋瞬间被消灭，鱼原封未动。想起@蔡飞白同学改编的诗：宁可居无肉，不可食无竹。收拾出门进山去当猴子啦。

2011-4-29 12:46

晃荡在过去读书的古镇，追忆似水年华，每个跑过的孩子都是我。

2011-4-29 18:05

春风有了，人也齐了，山就在那儿，等一场春雨。

2011-4-29 18:44

和蓝凤英喝酒，又偷了点往事，未曾谋面的外婆是个既喝酒又抽烟扎着两个大辫子的女人。快来听呀，都是蝉鸣。

2011-4-29 19:37

大风起兮云飞扬，拔剑四顾心茫然。

2011-4-30 06:52

今天把一下午的光阴就耗在这云海里了，再回首，云遮断归途。恍然如梦，纳了不少仙气。

2011-4-30 22:16

早，六点多的夏日已能灼人，在外溜达了一个多小时。过桥头时，有老人摆菜摊，青绿的蚕豆。回时，给阿姨带小白菜，五点多的风是清新的凉，接触满眼的绿，听鸟儿欢歌，婉转的、豪放的，有一种鸟鸣极特别，听了两天，像极了快门声，咔嚓咔嚓，一溜儿飞过。菜市场旁有跳舞的老太太，准备融入群众，亲自上阵。

2011-5-19 07:17

"你走，我不送你，你来，无论多大风多大雨，我要去接你。"（徐志摩）

2011-5-19 20:52

到菜摊买蚕豆，一块钱就有半斤，瘦削的老菜农，刻满老茧的手和黑指甲。在西湖，一群小贩成日拽着五色气球给街角增添了最梦幻的风景，每次经过恍若置身童话。偶然的一次，眼前驶过一辆满载公交，车里的小贩一定赶着到西湖去，饱满的紫色气球绽放在因太挤而变形的人脸上方。站在街头，眼泪刷地涌了出来。

2011-5-20 12:48

不知春 ——

傍晚试着做晚课，寒风入殿，驻立了一个半小时，意在让自己专注如一。可惜的是定力不足，愈求心如止水，愈是心乱如麻。穿过黑暗回禅房，此刻山中万籁俱寂，唯闻风声徐徐，熄灯入梦。

2011-5-21 20:15

午夜，醒，闻声知山中有雨，淅淅沥沥、淅淅沥沥地落到心坎里来，临窗听雨眠。

2011-5-22 01:46

已经第二次借宿法喜寺，在杭州，极喜欢上天竺。早上没有参加早课，扫完院子就去了后山。法喜的环境是极好的，竹林幽篁，茶树依山。天气湿冷，登高俯瞰法喜，云雾袅娜，早课还未结束，梵音从云雾中来，雨声敲着竹叶，鸟儿欢歌，循着竹径。心是极静的，不是浮夸的静，而是沉于丹田可以感受到的有重量的静 。

2011-5-22 14:32

游杭城，也不是没有目的地闲逛，而是尽量按着书上写的古人说的循古迹。推荐鼓楼，鼓楼始建于五代时期的南朝。老房子老街老巷子，传统的青团乌米饭都被我从旮旯里找了出来，胡雪岩故居也很值得逛。在这里可尝到老杭州的味道，那种独特的江南韵味散发剥离出来，也请那些资深的老杭州告诉我最旧的杭城在哪里。

2011-5-22 19:44

在细雨中跑步，水汽氤氲，天与云与雾与远方，上下皆白。觉得自己是个老朽的笠翁，一天一地一笠一翁，走得孤绝。雨丝从看不见的地方垂下，与裸露的鬓发肌肤相浸润相融合，有种凉意在心底缓缓地生发出来。照例拐到角落里的水果店，看店的老头从躺椅上微微欠起身，微笑地问：姑娘，吃过了吗？

2011-5-23 07:59

在孔夫子下了单，看好了一本书，实则是五本编成一册，看起来都是极好的书：《东京梦华录》、《都城纪胜》、《西湖老人繁胜录》、《梦粱录》、《武林旧事》。

2011-5-23 14:39

沈复寓居的萧爽楼有四忌：谈官宦升迁，公廨时事，八股时文，看牌掷色。有四取：慷慨豪爽，风流蕴藉，落拓不羁，澄静缄默。素喜言不及义，独善之人，命如草芥，唯爱风月。

2011-5-23 22:00

十一点半入睡，五点半起，短短六个小时醒了十余次，模糊的现实和幻境边缘，清醒不得，安眠不了，挣扎到绝望，简直要在黑暗中哭出声来，终于盼到曙光。梦里有奔丧，有泥泞的斜坡，有绽开涟漪的水坑，有斜插出青绿的新坟，乌云滚到天际低垂到身旁。没有连续的故事，只有从未知深处猛地跌撞出来的一瞬。

2011-5-25 07:43

过去的夏天，武夷人不用茶几盖碗紫砂壶袖珍茶杯伺候茶叶。在那种很大的泥质茶壶里撒茶，注入滚烫开水，一整壶茶水放在地上凉。从炎热的夏季撞入家门，随手一大碗茶，仰头汲尽，甘冽可口，沁入肺腑。多年前读舒婷的诗：开水一杯一杯为你凉着，等你推门进来拿起就喝，用袖子揩揩嘴，还是中国人的老习惯。

2011-5-25 19:36

愿景：布衣粗食，一把茅遮屋。开门见有薄田，房后青青修竹。闲来与邻唠嗑，读书不为功名。种瓜、浇花、酿酒，一夏闭户先生。

2011-5-26 20:34

把带上山的午餐置在长凳上，虎皮青椒、荷包蛋以及白胖胖的米饭。靠着殿旁长廊的柱子，有老太太在远方唱歌。就着鸟鸣和清风一口一口，庄重地把满满的幸福吃到心坎里去，抬头是扑眼的绿。背后睡着一位白发苍苍的老人，我经过他的美梦，他路过我的野餐。纵然不是山珍海味，可是这样的简朴几尽奢华。

2011-5-27 12:04

进禅房时看到一副假牙，料想今有故事听。果然，室友是八十一岁的沪籍老太太，鹤发红颜。她一人旅行，说起年初老伴离世，神色黯然。然后主动讲起民国上海，她回忆公公被日

不知春 ——

军杀害，当女工时无尊严的生活，外滩冻死的乞丐和卖淫的妓女，家族的沧桑巨变。她说着亲身经历的种种，我听得恍然。

2011-5-27 21:26

老太太谈吐不凡，是知识分子。她说缘于一高人算出其老伴一生种种，且告知因他心善得以延寿，年初将过不了最后一关，让她平心。其老伴果在一月离世。她因而相信因果报应信佛。她出门也爱在寺里住，我们都有胃病，且都爱中医。最后我说了一句：佛修心，道养生。她有些纳闷：你到底信啥呀，不过心善就好。

2011-5-27 21:54

君子之交淡如水，若只是做到淡便算不得君子，淡漠到孤傲是淡，此淡可鄙；淡然且随和也是淡，此淡可扬。这句话的关键是"如水"，水温润且没有棱角，能和所接触的事物很好地融合又能保持恰到好处的距离不着痕迹。若预先假定与周遭格格不入，又如何与人随和相处？与人交往应当谦逊不傲慢，如水，就是先放下自我。

2011-5-31 08:14

《梦粱录》里写"暮春临安百花尽放，卖花者以马头竹篮盛之，歌叫于市，买者纷然"。初夏，在浣纱路，别着银色发髻的老人挎着竹篮，白色布纱半遮，手里几枝被压制成扁平状的白花，系着由草茎结成的细绳，一口杭城特别的吴语向路人兜售，花香馥郁。杭州就是如此，总让人在某个车水马龙高楼林立的转角看到旧时江南。

2011-5-31 23:27

我以为上礼拜是父亲节，兴冲冲打电话给老爸。只说了几句话："爸，今天是你的节日"，电话那头长长滴一声"哦"，然后悄无声息。我顿了顿又说"今天是父亲节呀"，又是一声"哦"，然后毫无反应，我忍不住问："爸，你在干吗？"电话那头来了一声："嘘，我在下棋。"然后伤心地把电话挂了。

2011-6-19 09:50

"匏有苦叶，济有深涉。深则历，浅则揭。"《诗经·匏有苦叶》大意是叶子枯时葫芦收，济水渡口深水流。水深腰系葫芦过，水浅挑着葫芦走。葫芦在古代是常备旅行工具，有腰舟之称，佩匏可渡水。学游泳的人别买游泳圈，系一葫芦，多有古风呀。武夷大红袍至水帘洞一路，过古崖居抬头可见葫芦天，鬼斧神工。

2011-6-19 23:32

葫芦和道教到底有虾米关系？

2011-6-19 23:49

老年痴呆前兆：洗完脸之后怎么也想不起来自己已经洗了，于是又洗了一遍，闻到洗面奶的味道才恍然一声：哦，原来已经洗过了。

2011-6-20 18:19

给我一盘花生米吧。

2011-6-20 23:30

躺着，把心阖上，让黑暗漫上来。

2011-6-21 01:24

经@柴郡郝猫 点拨，近日回武夷山立刻泡一坛杨梅烧，然后就近找座山挖洞埋酒。与花香鸟语相伴，接岩骨山川之气。

2011-6-21 21:15

酒葫芦，转山杖，斗笠一顶，蓑衣一具，不是笠翁胜似笠翁，虽无江声但有溪声。可是老时，前面的都能全，唯独没有一把长至胸前油亮齐整的花白胡须可捻，真是修仙路上的一大憾呀。

2011-6-22 08:35

归家，想起诗一首。绿草蔓如丝，杂树红英发。无论君不归，归来芳已歇。

2011-6-22 21:51

对所有事，不执。

2011-6-24 08:04

在杭近两年，大爱西子湖。南山路梧桐如盖，白堤绿柳如风，北山路历史文化厚重浑然。杨公堤采水芹，风雨亭听箫声雨声，望湖楼望黑云翻墨白水跳珠，曲院风荷看水光潋滟夏荷亭亭。清晨背着包去长桥，雾海空濛。夜晚倚着六桥吹风，月色如练。未曾抛得杭州去，一半勾留是此湖。

2011-6-24 15:05

利用相机最后一点电帮老姐拍照，顺便抓拍一张，武夷山的天和云。

2011-6-24 17:55

离乡五载，忽忆：入春才七日，离家已二年。人归落雁后，思发在花前。

2011-6-25 22:44

夜色在移动，夜色整齐地穿过身体。

2011-6-28 02:03

武夷山传统小吃粿子。方言叫"鬼姐"，这两天在微博上见到它，今早到度假区菜场后小吃店配上一碗锅边大快朵颐一番。蒸此粿子的点睛之笔是一定要铺上五花肉同蒸，五花肉于粿的作用就如同木炭之于焙茶，非此不可。五花肉香杂糅粿子淡淡的米香，饱满的粿子再滚上辣椒酱香醋，劲道不黏腻，唇齿留香。

2011-7-23 10:05

武夷山传统小吃九层糕。刚埋头做事，门外忽有小贩吆喝声传来：层糕层糕……浑身一激灵，立马让其止步，买了两块当作点心。九层糕，顾名思义，自然是九层。分甜咸两种，各有千秋，此为咸糕。武夷山人喜辣，层糕铺上干菜辣椒同蒸，对于不常在家的游子来说吃层糕是香味四溢、乡味十分、口水三千丈。

2011-7-23 16:53

"我时常看见一些老人背着手在村外田野转悠，不仅是看庄稼长势也在瞅一块墓地。他们是幸福的人，在一个村庄一间房子里生活到老，知道快死了，在离家不远的地方择块墓地。虽说是离世但离得也不远。坟头房顶日夜相望，儿女的脚步声在田地间走动，说话声鸡鸣狗吠传来。这样的死没有一丝悲哀，像搬了一次家。"（刘亮程）

2011-7-24 00:48

拣茶阿姨来了，我还没开口，她就聊起来了：昨天赶集了，这衣服是我女儿买给我的，漂亮不？指着身上衣，喜亮的眼神温暖这个早晨，连答"漂亮漂亮"。她把女儿相片给我看，让我给她拍张照。她丈夫上个月脑溢血离世，说起他她会啜泣，说以前做工傍晚回家，他会在路口张望，现在回家多晚也再也没有人在路口等。

2011-7-24 09:00

连续两年登白塔山，四上烧香顶。千山绵延在脚下，万家灯火如蚁，心怀自然，敬畏自然。清晨五点，日未出，来的时候没注意，回头一看，一人坐于山水之巅合掌打坐。白塔山已无出家人，老道长仙逝多年，但不得不说，龙济道院风水极佳，实在是一个修行的好去处。

2011-8-23 08:29

白塔山龙济道院，群山深处唯一一处有人间烟火的地方，庙里没有牵电线，只有每逢庙会或者香客出钱才会用柴油机发电，一般点蜡烛度夜。问了白塔山山主，他说庙里几个月买一次菜，在山上基本吃的是干菜（干木耳、豆腐皮、豆瓣酱）或者庙里自种的菜蔬（萝卜、马铃薯），这是我第二次去拜访，住了两个晚上。

2011-8-21 14:49

箱子用来养蜂，山里摆了许多蜂箱，房前屋后山间菜地。小时候也养过蜂，黑压压一片嗡嗡钻进屋檐，房梁间安营扎寨，细察采蜜而归的工蜂后脚缀着小朵花球。与蜂同居，懵懂时免不了被蜇几下。在白塔山，香客想买天然蜂蜜，又怕假货，山主振振而答：我们这可是名山，不会卖假的。自豪神情让人钦羡和神往。

2011-8-23 21:56

在白塔山，饭时挑着腌萝卜丝的位置，回家最爱辣炒萝卜干。

记得小时候以手上几个"罗"预测命运，我有四个罗，典型讨饭命。当时诚惶诚恐，觉得自己处处不如人，早饭时观察家人吃萝卜干所发的声音，父亲和姐两人发出的声音很脆，方正响亮，而自己的声音干瘪得像泄了气。光从声音对比，简直要相信讨饭的宿命。

2011-8-24 19:00

站在窗边，不知道是哪家这么勤，晚风送来阵阵焙茶香，还有湿润的雨意，忍不住闻了又闻。

2011-8-24 23:52

我给自己设想的理想人生是当几年茶童，当几年茶小二，然后当很久很久的茶掌柜。

2011-8-25 16:19

对门有几户农家拆往他处，早晨买菜时路过，顺便拾荒，看看有什么花草。意外发现，初秋时节，木兰花又开，藏于绿叶之间。木兰是香木，花状如莲，也叫辛夷，辛夷始花亦已落，况我与子非壮年。

2011-8-26 09:27

我不太喜欢书生气很重的人，四体不勤五谷不分。比起和名副其实的书生们在一起，我可能更喜欢去集市走走坐坐，凑在老人群里唠嗑，看看新鲜的果蔬，听听最新的八卦。我希望在不久的将来，能长久地在一个地方待着，时间长到菜市场里的大爷大妈们见到我都能唠上几句、打声招呼，那这个地方对我来说，就有了温度。

2011-8-26 11:47

我不相信一个四海为家一年到头四处游走的人能得到些什么，浮光掠影、走马观花，所以我渐渐对旅行失去兴趣。一双连时间都赶不上的脚步，一个连时间都追着他走的人，生命短暂又浅薄。当我在一个地方长久地蛰伏下来，贴近这里的居民，习惯这里的生活，熟悉这里的气息，我才能真切地感受到时光为此而慢了下来。

2011-8-26 12:22

一户人家门前的板栗树挂满刺猬球，就好像闻到栗香。小学时要过一片板栗林，在主人收成完毕后拾遗，常常收获颇丰。小时候最喜用炭火煨板栗肉，搁冰糖，美好的不仅是板栗的香甜软糯，而是等待在炭火边慢到停滞的时光，一点点蒸腾炙烤出的板栗香。说到底，冷冬真是美好，想在今冬再次拜访白塔山，看白雪皑皑。

2011-8-26 17:54

泡一壶肉桂，茶汤在口中经咀嚼后甘甜自来，窃以为，这是唾沫提味出茶汤的本真。今人认为唾沫脏，在古时，唾沫被称为金浆玉液，记得苏东坡的养生方法中就有吞咽唾液一法。作为一小茶徒，觉得茶清香甘甜，吃茶舒服，这是吃茶第一境，茶即茶。纵观各位茶界大师，把茶喻佳人，已然第二境，看茶非茶。

2011-8-26 20:57

有人夜半持山去。

2011-8-27 00:01

今回村子，恰逢集市，转了一圈，新旧房子参半。最喜逛村子里弄、青石板土墙和老房，但是这一片几近荒凉。图片是里弄最古老的建筑，是大堂里边的小厅，在以前，大户人家。天井漏光，下雨的时候最好，雨滴织帘，雨水叮咚作响，房内房外是冰火两重天，站在房内清凉自来，这可能和房子年代久远以及木质房有关。

2011-8-27 14:10

这是吃饭的厅堂，上有天井，下有水井。

2011-8-27 14:15

集市一瞥，水果摊边的妇女。

2011-8-27 18:27

夜深了，比白日来得静很多，一些小声响显得很突兀。一个人待着，四下无他，沸水泡茶，猫儿嬉戏在侧。月余的山中闭关习茶，对茶有了更好的诠释。平日里看到一杯茶背后许多茶人的

艰辛，记着，饮茶时变得恭谨，最好的老师是温而厉、恭而安，我觉得饮茶就像对着一位值得尊敬的长者，敬而静。

2011-8-31 23:29

临壶，候松声。

2011-9-9 11:10

日照雪青茶。

2011-9-10 17:39

回杭，窗外有月。

2011-9-14 20:40

过桃溪桥，昙花庵。

2011-9-15 05:49

"青草青，百鸟吟。亦可棋，亦可琴。有酒可对景，无诗自咏心。神仙渺茫在何许，武夷君在山之阴。棹扁舟，归去来，琪花满地何处寻？"我喜欢海琼子白玉蟾写的关于武夷山的文章，此段文字来自《武夷山志·止止庵记》。

2011-9-16 16:28

今天第一次到南山路净慈寺，寺院一个偏隅角落，青竹相倚成门，盆栽摆了半院，打理这儿的僧人应该极有情致。净寺背靠屏山，面向西子湖，有风有水，身在闹市边，却极尽清幽。

2011-9-19 20:15

九日山僧院，东篱菊也黄。俗人多泛酒，谁解助茶香。《九日与陆处士羽饮茶》，诗僧皎然作。陆羽称皎然为"缁素忘年之交"，是陆羽习茶路上的良师益友。皎然最著名的诗是《寻陆鸿渐不遇》：移家虽带郭，野径入桑麻。近种篱边菊，秋来未著花。叩门无犬吠，欲去问西家。报道山中去，归来每日斜。

2011-9-21 15:51

第一次吃虫是童年，被寄养在一早年丧夫的寡妇家，她独自养育俩男孩。孩子多了，便贫中作乐。虫藏在柴中，模样肥白略长，瞅准柴一刀劈开，捉出虫儿凑成一碗入油锅。幽暗的厨房，爬满泥墙的灶灰，灰色的黑色的阴冷。红色火光在孩子急切的眼神里燃烧。虫儿炸得香酥薄脆，留在唇齿间一辈子难忘的蛋香。

2011-9-22 01:08

我和过去最大的不同是懂得了字要一笔一笔地写，路要一步一步地走，生活要有节制地过，知止而后定，定后静，静后安。礼的意义在我身上得到了转换，我把它看成了正心的必由之径，乐而行，行而不倦。谦卑是我最向往的美好品格。我很庆幸自己在知道自然之名前的混沌之时先浸润了山水之妙。

2011-9-23 21:22

翻到一张旧照，武夷山下梅村。从家里骑车出发，沿梅溪盘桓而上，一路青山画屏，历时四十分钟到达这个隐藏在山中的村落。清朝，下梅村是武夷中心茶市，万里茶路第一站，彼时武夷茶市聚集下梅，盛时每日行筏三百艘，转运不绝。它是武夷山建筑最美保存最完整的村落，旅游业没有过多地影响它，依旧静如桃源。

2011-9-24 18:16

江南好，最忆是钱塘。秋天的杭州城，满城桂雨，暗香浮动。中午时分由北山路江南文学会馆拾级而上，江南文学会馆有个更好听的原名，叫穗庐。我曾经进去过几次，青苔石阶，有书室偏隅一角、闹中取静。登小山，过栖霞岭，山与湖，葱郁的绿，近水则灵，有山则仙，玉带桥立，轻舟往来。钱塘好，最爱是西湖。

2011-9-27 20:31

昨偶入玉皇山，早闻其有一白云庵，信步前往，时逢垂钓螃蟹老翁。白云庵隐于山脚，房舍数间，庭院一处，井一口，花数盆。寺里住了几位居士、一位出家僧人。老妇拉着我做锅贴隔天食，才知此处修行人过午不食。忙到傍晚，伴随居士晚课的诵经暮鼓声，小院一角升火煎药：拾薪煮药怜僧病，扫地焚香净客魂。

2011-9-28 10:59

不知春 ——

栖霞岭沿路老民居，秋未尽，草木未凋，潮湿的江南。

2011-9-29 17:05

在抄《金刚经》，抄错了一字，正想改之重写，脑子里立刻蹦出经中四字：不住于相。于是不涂一字继续，邪门歪道上总是领悟得更快。

2011-9-30 21:01

又碰见这位武夷山街头的卖艺老人，穿戴四季不变的衣物。见到我的第一句话：看见别人抢我的猫记得报警。我说嗯嗯，他笑了认出我来，说：你从杭州回来啦。他印象中的杭州有行道树有外国使馆。我问他，你的猫呢，"它在凉亭里休息"，凉亭是他的住所。聊了一会就走了，他的笛声又响起来。我们也认识十多年了。

2011-10-21 18:37

菜市有老者贩卖新鲜采摘的木芙蓉，武夷人爱食芙蓉汤。

2011-10-22 08:32

垒石道观厨房一角，光和影，门外涌进来的绿。今天吃完斋饭，帮老爷爷生火煮面，发现他会说本地方言。

2011-10-22 15:04

山居笔记，盐肤木，小金橘黄，三醉芙蓉，山寺剁椒，阁楼南瓜，南方秋之草木，夕照入室。

世界微尘里，终将归空无。

醉因少年梦，醒自西风凉。一马平川意，不若草木君。

山居笔记。三姑集市归，市有贩狗贩猫贩木芙蓉及各种时令园
蔬者。

迟暮，可缓缓归矣。

秋实，扛板归。

莫是息心除妄想，只缘无事可思。

一个地方过几十年，有了很多熟悉不相交的人。走在街上，
见到一些从时空里走出来的旧人，改变和循环。在一条路上

走着，光和影，她带着他，奇怪的呼喊。今天他骑着车带着她，仍旧是奇怪的呼喊和老妇灿烂的笑。早上看到满山坡的芦荻，傍晚变成一株芦荻。以一个隐忍者的姿态度过一天，也将是余生。

2011-10-27 17:20

山居笔记。觉倦烧炉火，安铛便煮茶。就中无一事，唯有老僧家。

2011-10-28 09:15

风凉露冷见温柔。

2011-10-28 14:56

崇安即武夷，柳永故里，乡人亦爱柳词。

2011-10-28 17:49

偶入岩茶村，啜罢出村来。寂寂山林径，唯有杖石音。（《拄杖山行》）

2011-10-28 18:13

一夜西风起，满山芦荻白。提杖看秋去，拾得落叶归。（《山居》）

2011-10-29 16:45

早上星村赶集，到旧巷子里的老字号吃越南粉，吃完付钱时转头

一看，老板茶器俱全，独自泡茶，自斟自饮，大声感慨一句：这就是武夷山人的腔调。随即坐下加入茶局唠嗑一个小时。

2011-11-24 14:12

此时武夷山集市上最常见的野果：预知子。

2011-11-24 14:28

拍猫。集市上一只被绳子缚住后腿的猫，很有野性，人一旦靠近，则做扑状，嘶嘶地呜呜。在山村，猫依旧在完成最原始的使命，卖菜的老妪从另一个山人手中买下这只猫，将其带回山中驱鼠。

2011-11-24 14:47

食预知子主要是食其囊，刚刚剥开了一个吃，很甜。我也是刚知道它的学名，"八月炸"。此名通俗易懂，即农历八月果熟而裂。而"预知子"究竟在预知什么，古人不会无故取名，查阅了一下，《本草纲目》有记载："预知子杀虫疗蛊，治诸毒……相传取子二枚缀衣领上，遇有蛊毒，则闻其有声，当预知之，故有诸名。"

2011-11-24 15:16

垒石道观的老人家在晒萝卜干，站在阳光里，看到这样的情景，就觉得冬天真的来了。

2011-11-25 14:58

茗花满山白。

秋意掩映中的磊石道观。

道长的手指受伤了，知道我想听箫声，临别时仍以箫声相送。走出山门后，箫声停了，继以浑厚的歌声。独坐幽篁里，弹琴复长啸，深林人不知，明月来相照！

三瓣山茶，我尝了，花露清甜。

大抵浮生若梦，从来悲喜相随。

山中茗花盛放，早上采了半篮，晒干了泡茶。

在山里采茶花的时候，野导领着一群游人上山，就听那一群人嚷嚷：采茶姑耶，快看快看，有采茶姑，然后一阵猛拍。

新鲜的茗花撮一些到盖碗里，就着热饮，闻之清香，尝之微甜，自然之气息瞬间盈室。

2011-11-28 13:37

下午在山中觅得一极好的打坐石，倚背青山，坐对四荒，盘腿闭了一会儿眼，感觉极清凉。这是从崖上俯拍。

2011-11-29 16:17

繁华有时，寂凉有时，方寸之间既有深山。

2011-11-29 21:58

太阳出来了，晒花晒茶。想起昨晚同在山茶花处喝茶的一外地游客，初次尝武夷岩茶，饮后竟头皮发麻，形容为二锅头之烈，几杯后仓皇逃之。

2011-11-30 10:11

作为东道主，明天在星村老桥头提着"胖阿姨"大光饼憨厚可掬地迎接你，要来一碗正宗越南粉不？@悠然春晓

2011-11-30　20：47

老妻书至劝归家，为数乡园乐事赊。彭泽鲤鱼无锡酒，宣州栗子霍山茶。牵萝已补床头漏，扁豆犹开屋角花。旧布衣裳新米粥，为谁滞留在天涯。（清方坦庵《思归》）

2011-12-16 21:00

"山中无甲子，寒尽不知年。"

2011-12-21 20:04

冬至。

2011-12-22 14:09

以前看过张晓风写水饺，说看到水饺上由人亲手捏合的痕迹，忽感种种有情。某年除夕，我们家一切准备停当了，热热闹闹地开始包饺子，哑巴家却还冷清，父母出门去了，他灰着脸跑过来打下手，流着泪烧火递水，生怕连我们家的年夜饭也错过了。母亲包的饺子总有精致花边，偷学得一招两式，也算继承了些模样。

2011-12-22 21:30

白云一别，已近半载，两位道友，山里生活可好？

2011-12-23 16:01

家乡人酿红酒，红色的米酒，酒性颇烈，和黄酒一样，要温热后喝，是属于冬天的酒。母亲每年都酿些，大部分做了菜的作料。父亲也喝点，必须用碗喝，就像黄酒一样，这样的传统生活。而中国的酒如果用透明玻璃杯，我想我会很失望。抿上几口热酒，就着三五家常菜，家人围坐着说些暖和的话，冬天想必就是这样的吧。

2011-12-24 22:20

便利店耳闻："送他杯子呀。""不行，那不明摆着告诉他我喜欢他，想和他一辈子吗！""那就送火影，一般男孩子都喜欢看。""他不是一般的男孩子……"

2011-12-25 11:39

南柯一梦，天涯落单。闲来无事，看看夕阳。

2011-12-26 17:37

夜半听泉鸣，如与小儿语。语儿儿不知，滴滴皆成雨。一首清新可爱的小诗，古人写武夷名泉语儿泉。

2011-12-27 13:34

瓜藤一架，半壁干柴。

2011-12-28 13:32

今年最后一张西子湖，未能抛得杭州去，一半勾留是此湖，好梦。

2011-12-28 22:29

岁末，吃散伙饭，喝点小酒。过两天回到山里，手机一扔万事不关心，东边蹭茶，西边看山。

2011-12-29 15:48

几岁之前算是青春期？

2011-12-29 17:44

冬季最乐有三：煮茶，泡脚，沸水滚萝卜！

2011-12-29 21:39

等火车，回山。

2011-12-31 20:10

我错过火车了，因为埋首玩围脖，典型的玩物丧志，草木君你个混蛋！

2011-12-31 20:39

二〇一二年

夏天时我曾到过白塔山下的村子，人去村空。冬天的山村又充满了生活的气息，家家户户的柴扉打开着，袅袅炊烟，三五童子田野中嬉戏，一群妇人陋巷唠嗑，冬天是苏醒的季节。

2012-1-2 16:38

今又探访凝云庵遗址，冷冬萧瑟，其中有一口被填满的古井。岩壁上有摩崖石刻，泥土被人翻新，挖出的碎瓷片散落，落叶成径，踩在其上簌簌作响。《武夷山志》对凝云庵有载：茂林修竹掩映左右，桃杏梅桂次第迭开……岩巅浚飞泉注莲池，曲水流觞以娱客……落叶人何在，寒云路几层，悲。仙遗蝉蜕去，人问马头来，叹！

2012-1-3 16:14

冬西湖最美莫过张岱《湖心亭看雪》，"雾凇沆砀，天与云与山与水，上下一白。湖上影子，惟长堤一痕、湖心亭一点、与余舟一芥、舟中人两三粒而已。"今年雪未至，昨和朋友沿西湖走了大半天，从曲院风荷到柳浪闻莺，从苏堤到南山路，潮润清透的气息，满满地充盈肺腑。

2012-1-10 22:02

从兰汤桥过，雨停了，远山青，溪水凝，云静，风淡淡地来，令人心情开阔，无怪乎人间重晚晴。

2012-1-14 16:56

不知春 ——

早饭地瓜粥佐以越南制法的熏肉，早年村子多东南亚华侨混居，越南粉、卷粉、越南特制酱料、灌肠，尤其是越南烤鸭，这么多年，心心念之，今武夷山熏鹅者，难以望其项背。

2012-1-15 11:18

雨声稠得像化不开的糖，夜色低到脚边，拨都拨不开。

2012-1-15 18:50

家里迎来小客共度除夕，兰汤破水家的猫，黄姑。

2012-1-16 21:27

昨见一只毛毛幼虫被蛛网所缚，解救之余，同它玩了一会儿。听我念了一段《道德经》，方缓缓离去，不知道它会得道成仙否，要报恩呀，虫仙家。

2012-1-18 03:25

将除夕，人与人相见说话带着喜乐的气息，眼角在寒冬开出一朵春花来。

2012-1-19 00:02

仁者乐，山也；智者乐，水也；雪中武夷，诚可入道也。

2012-1-19 23:15

武夷山之所以能让人落下执念是因为她的不孤绝，这里的人生活于山中，组成了武夷山这个名词的一部分。

2012-1-20 12:32

人定百般静，万语茶中失。

2012-1-20 21:35

大寒，家人今晚悉至，风雪夜归。

2012-1-21 10:08

不羡黄金罍，不羡白玉杯，不羡朝入省，不羡暮登台。

2012-1-21 13:25

爆竹远近起，除夕夜煎茶。炉火暖亲语，香翻蟹眼花。

2012-1-22 23:55

初一到马头岩，在道观院中饮茶，忽闻山中乐声缥缈，不见人踪，在座者皆屏息听之，茶过数杯，李兄至，其境甚妙，兹录之。

2012-1-23 17:48

山中看梅，寥开一两朵春消息，被道长折，姑看满树花骨朵，想那花满时分……

2012-1-23 18:22

早饭时，父言，凡事不可求极致，否则不寿。新年伊始，仅以武夷散人白玉蟾《慵庵铭》之句与诸友共勉：至道之要，贵乎清虚。何为清虚，终日如愚。

2012-1-23 22:01

似乎听到黄姑在门外喵了几声，出门呼寻两次又不见，夜深了，出门再看看。

2012-1-23 22:36

初二，年夜饭热热，猪蹄梅酒地瓜粥。

2012-1-24 11:58

昨日空气湿润，微寒，青苔味。茶也是，淡淡青苔。

2012-1-25 10:55

最好的，酒尽三杯云中卧，风送松声到耳边，侠与隐，理性又脱于理性。

2012-1-27 00:41

也是耳闻：宁与爱酒人为友，不与喝茶者同行。

2012-1-27 10:42

初五到乡下拜年，油煎年糕、辣炒粿条、溪鱼芥菜、红菇鸡汤、热腾腾的红米酒，原生态，自栽自酿，自给自足。

2012-1-27 20:08

春天要来了，依稀三月。

2012-1-28 18:14

只恐夜深花睡去， 故烧高烛照红妆。

2012-2-1 18:03

今日已是三探悟源涧旁梅花，山顶天寒，满树花骨，仍未大开。

2012-2-4 17:17

野老与人争席罢，海鸥何事更相疑。

2012-2-8 23:50

老妈方才骂我用了一句方言很有意思，大意是：舌头无骨，扭来扭去不会疼。

2012-2-9 18:55

儿时随父居山中，懵懂记得有一甘肃老伯到山里来，做的拉面很好吃。老伯是父亲患难之交，年轻时曾蒙其一家照顾，联络方式从写信、电话到网络。少壮能几时，鬓发各已苍。晚饭毕，两家人视频，谈笑间几十年光阴流转。父亲用一根手指很慢地打出一行字给伯母：我不记得你的名字了，但我记得你给我织的毛衣。

2012-2-10 00:28

一盘冬笋果腹，一杯梅酒在手，一壶水仙已然相候，竹梅茶皆至，人生不复此乐，不复此乐。

2012-2-11 13:21

当年走马锦城西，曾为梅花醉如泥。

2012-2-14 09:46

山中无所有，聊赠一枝春。

2012-2-15 22:25

傍晚到天心吃斋饭，迟暮时与友择道马头岩，到山里与道长谈天。才一会儿，天就黑了，晚间的山是寂静的。打着手机电筒出山，寒风拂过茶树时，看到了它的影子。穿过松林，都是风的声音。三人聊琐事，溪声潺潺，一路漫步回温暖灯火笼罩着的村庄。

2012-2-16 22:22

抱病两天，老妈一碗草药汤，药到病除。

2012-2-18 18:57

闲余何处觉身轻，暂脱朝衣傍水行。鸥鸟亦知人意静，故来相近不相惊。

2012-2-21 11:10

今天携友登狮子峰，未遂，山脚的红梅开好了。

2012-2-21 19:43

清炒芥菜一盘，咸淡适中，生翠可爱，一介草民，无为尚能厨，善哉。

2012-2-22 13:24

在道观蹭晚饭，鸟啼、迟暮、喝茶、聊天、听箫，天黑了出山，一两颗星光出云，星星知我心。

2012-2-22 21:44

明吴拭《武夷杂记》中有一段话很有意思，或者说让今武夷有志学茶者感同身受: 宋志云，清溪九曲，其最狭处两岸古木几交，舟过不觉天小。今寻其说，无有是处。茶园朱希古年八十一，语余曰："三十年前，两岸古木犹然，二十年间觉渐稀，十年来则如是露肤脱发矣。"盛衰反复, 后之视今何尝不是今之视昔。

2012-2-25 14:29

湿漉漉的三月，婺源的油菜花开了吗？

2012-3-1 18:49

浙江和山里的茶时一前一后，先在杭湖两地走走看看，再回山里取取经，全蹭上了，想想都挺美的。

2012-3-1 19:09

趣箫喜墨闲弄茶，山中自有仙人家。世事不关鸥鹭近，栖云锄月种梅花。

2012-3-1 20:19

近读《红楼》，经年后重新捧起，其中意味又多了几层。"月满则亏，水满则溢"，由此细细品味父母给我取的名，虽是无意，却似命定。这一切的道理自人生的开端就已经明明白白地摆在我面前了。

2012-3-3 23:54

昨天去天竺路，微雨，梵乐在山中。每每雨中拜访天竺，便是为这一路的清音庙宇、云雾青山。带了烧水的炉子，在偏僻的山脚临溪喝茶，湿润的气息、呼之欲出的清新，茶和自然。忽然间明白了《茶经》最后写的：若能松间石上坐，瞰泉临涧，具列水方涤方漉水囊可废。但城邑之中，王公门下，二十四器阙一，茶废。

2012-3-5 00:06

每抄《茶经》，必停下反复读它几遍的文字："沫饽，汤之华也。华之薄者曰沫，厚者曰饽。细轻者曰花，如枣花飘飘然于环池之上，又如回潭曲渚青萍之始生，又如晴天爽朗有浮云鳞然。其沫者，若绿钱浮于水湄，又如菊英堕于鐏俎之中。饽者，以滓煮之，及沸，皤皤然若积雪耳。"心醉，陶陶然，茶真好。

2012-3-10 21:25

在顾渚村，晚饭与农家乐主人一家，食大锅灶米饭两碗，爱其锅巴。有咸肉、春笋酸菜、莴笋笋干、蛋羹。饭毕，竹林小亭，山泉泡茶，乳香肉桂，邀房东家人同饮，惜不识。茶后乒乓数局，微汗。天黑，打着手电逛村。夜深于阳台，看夜色，踢腿，拉筋。回屋，与友聊一二事，乐。

2012-3-16 22:55

一天之内，雨淅淅沥沥地在小村庄来了又走，停了又落。在阳台上拉筋踢腿，屋檐上雨，声大如豆。一日茶事，早上探唐时贡茶园、吉祥寺，饭后散步至寿圣寺，午后忘归亭置茶席试金沙泉，傍晚沿溪伴山而行，染一身云雾一路小跑到竹林上，泥径野茶，山是柔和的。夜于主人处讨绿茶，两盏烛光竹林畔，闲话。

2012-3-17 22:50

把茶具放在粗布里，裹成包袱，插枝梅花，便可拎着走天涯。

2012-3-19 11:29

周末宜兴丁蜀镇，在一个小作坊里碰到一位制壶人，作坊很乱，却很舒服；主人很仙，写字好看，言谈间颇具古意。谈得兴起便要喝茶，以随身携带的岩茶就地试壶，坐定、摆开、烧水。据友回忆当时场面：两个"仙"气十足的人，一左一右，把盏之间，一个只说自己壶好，一个偏叹自己茶佳。

2012-3-19 22:35

急风知骤冷，细雨晚婆娑。问母山中事，门前春笋多。

2012-3-22 22:44

父母在，不远游，愿相濡以沫的时光，久一点，再久一点。

2012-3-27 21:47

浮名浮利，虚苦劳神，隙中驹、石中火、梦中身。

2012-3-28 21:09

从流香涧出，转过青梅树，看到前面水仙林里有人在解手，必经的路，只好悄悄退回去，在不远处把手机里的音乐打开，一曲《寒山僧踪》，声音传得很远，停一会儿，再慢慢地走上前去。

2012-3-29 07:55

梁上南瓜不见了，山林里都是慧苑老妪生脆可爱的切笋音。

2012-3-29 14:03

晚上在郝老师家煮十五年的老茶，提议放映我的摄影作品，结果被狠狠训了一个晚上。

2012-3-30 21:54

马头岩春桃已谢，青梅将著，而梨花依旧。道长说梨花谢了，春天也就过去了。

2012-3-31 12:25

天地有醍醐在其中。

2012-3-31 21:43

清早走到慧苑晒太阳，沉默着不语，看晨光中的青蔬笋饼竹林僧鞋，听远的近的各种鸟啼。

2012-4-1 08:17

清晨入古寺，初日照高林。曲径通幽处，禅房花木深。

2012-4-1 18:18

天喜师傅在看我的《武夷山志》，连连说"好"，边看边对着院子外的山，说些和这些山有关的陈年旧事，看了很久，边看边说喜欢。临走时我把这本书留下了，这是最不能缺的书，要尽快再买一本。

2012-4-1 19:53

静坐常思己过，闲谈莫论人非。名为公器，少取为妙。与有道者谋事，且陶陶，尽天真。

2012-4-2 07:37

青蔬能果腹，杂粮可饱肚。

2012-4-2 18:30

夜半闲听以为雨，掀帘原是风惊窗。

2012-4-3 03:13

武夷岩茶长于幽谷岩崖，地势崎岖，茶树错落不成规模，管理的工人须结崖而居。

2012-4-4 18:19

人在草木间，故无草无木无人，不成茶。

2012-4-4 18:47

清明，晚间的饭桌上，父亲谈起土葬、祖母的福气。谈起火葬，一声叹息。几次强忍着，哽咽。人因有情，避免谈离别。知道不能避免，只好暂时忘记。如此地接近宗教，不是要脱俗，而是因为太爱这俗世人间。时光一点点向前，要一点点坦然，要珍惜，要试着超脱。

2012-4-4 20:44

昨日在吴屯瑞岩寺，平和的美，寺前稻田绵延，秋天该是很好。远盛禅师带我们看千年银杏、红豆杉和冰泉骨灰塔。风很清，大家坐着，感受春天的暖意，平静地诉说离别。无意间看到女尼接完电话后紧咬嘴唇，脸上清泪闪着光，怔怔发呆。长老递给我一支香点燃，为一位刚往生的陌生人。没有戾气地结缘，安宁最好。

2012-4-4 21:37

吃了一块刚炸好的笋饼，好吃得要掉泪。

2012-4-5 10:54

武夷山传统美食：笋饼。笋切碎，加酒糟，混合作料糯米粉等晾晒制成。

2012-4-5 11:57

山居，道观晒草药，艾叶。记得《红楼梦》中有一个好听的人名叫"锄药"，还有焙茗、引泉、扫花、挑云、伴鹤。

2012-4-5 18:34

月到天心处，风来水面平。

2012-4-5 22:11

三生石上酒三杯，松柏风清万壑哀。醉后不知尘世改，缓吹箫管下瑶台。

2012-4-7 10:49

行云易逝，青山依旧。

2012-4-8 19:14

晨五点被列车员拍醒，还有半个小时，闲坐。车厢里白炽灯很亮，俩女孩在窗前说话，窗外如幕。干净浓郁的晨曦之蓝，夜与日正在过渡，天边裂开白色的口子，房屋山峦湖泊小舟，沉默在温柔的晨雾里。想起很久未读的《金蔷薇》，旅途疲倦一扫而空。如果提前知晓旅途中有美好如斯，离别的哀伤会少一些。

2012-4-10 23:01

不知春 ——

佛教阿弥陀佛极乐净土池中的水有八种功德：澄净、清冷、甘美、轻软、润泽、安和、除患、增益。如水，人活着最好的姿态。

2012-4-14 22:17

暮尽残云夜思家，远闻道长做新茶。坐听磊石松风起，飞仙何须醉流霞？

2012-4-17 20:28

草木君的祖父，九十七岁高龄。年轻时为村庄最大地主的大少爷，后代父去新疆三十年，再归家时，父母亡，兄弟散，沧海桑田。

2012-4-19 14:03

上世纪台湾一位以自杀终了的编辑给作家张晓风写了一封信，三十年后，张晓风重读这封编辑前世的信，撰文《十月的哭泣》以记。我几年前读到此文，对文中一句话印象深刻："我要找一座山痛哭一场"，说的是一位读者读完张晓风《十月的哭泣》后的感受。《十月的哭泣》后来我一直未能找到，而读这句话时的心境却不断在后来几年的读书生涯中出现。

2012-4-19 22:45

晚斋稍憩，拎着茶具到龙泉畔汲水泡茶，席地而坐，清风微凉，迟暮，泉鸣、寺僧咸来。与寺僧分享武夷茶，肉桂、小种、水仙，喝茶聊天，夜色渐暗。华灯初上，回禅房休息，闻夜钟深沉，又与友相与步于寺院赏夜，屋上飞檐，庭间竹影，星光如银，摸黑去寺里看做绿茶，茶香醉人。

2012-4-21 22:06

晚间品尝径山寺师父赠送的雨前径山茶，赞叹，原来绿茶也可如此甘美丰腴。早上穿越竹林野径，春风沉醉中见翩翩竹叶在光影间回旋、轻舞，晨熹微。登山顶，采茶老妪腰系竹篓在茶林间穿梭，竹篓里是呼之欲出的春天，远方城市尽没云海，山峦起伏。登山，清谈，又可品其茶，美哉。

2012-4-22 23:33

食罢一觉睡，起来两瓯茶。

2012-4-23 09:51

暮惹微云枝上鸦，残霞点点尽天涯。满庭春意无人扫，闲与东风看落花。这是几日前写的，今日再探，春红尽褪，浓荫满树，夏天来了。

2012-4-23 18:02

窗前看雨，黑色的夜，风大概很大，雨滴飞也似的打上来，猛地摔出一窗明亮的碎钻石。

2012-4-24 22:20

白云黄鹤道人家，一琴一剑一杯茶。羽衣常带烟霞色，不染红尘桃李花。

2012-4-26 14:48

山居，覆盆子正当季。

2012-4-26 15:04

寂寂山林，惟余竹杖击石绕泉听。

2012-4-27 06:46

穷春秋，演河图，不如载茗一车。

2012-4-27 15:53

听箫，试新茶。

2012-4-27 21:27

早，雾锁青山，细雨如丝。墟市，观卖鸭女与人斗架，泼妇挥刀，满街鸭飞。

2012-4-28 06:57

清晨去山里采花，错把山花当作金樱子，回来经农人指点知道是软条七姐妹，查了查，无毒，这一盆花是吃还是不吃呢？

2012-4-28 09:16

四月初八，赶集，二三妇人置木饭甑于市，贩乌米饭，青黑色，油亮清香，中有木鱼香菇猪肉粒。

2012-4-28 13:35

晚饭听家母讲历史，今天的主题是那些年在白塔山自杀的村民。

2012-4-28 19:34

山从千层青翡翠，溪头万顷碧琉璃。游人来此醉归去，几个曾亲到武夷……

2012-5-3 06:36

无电，山民的拙趣，让音乐充满空山。

2012-5-5 20:27

昨晚与友临时起意，夜访灵峰白云寺。行至山门，十点余，寺门紧闭，不欲打扰老师太，从悬崖侧入，夜宿极乐国。星村灯火，暗夜青山，薄雾轻笼，蛙鸣，清谈，蝉声如织。

2012-5-12 19:48

回乡下赶集，短短的一条街，长长的问候寒暄。走两步一姨两姐三姑六婆，感觉很妙……

2012-5-13 10:58

武夷山最美的桥之一，在星村。

2012-5-13 16:47

武夷山随处可见的风景，拣茶。这几乎是童年时代最讨厌的事，经常拣拣就趴着睡去，醒时满脸的茶叶疙瘩，美好的回忆。

2012-5-14 10:38

妈妈曾教我唱：砍柴小孩不要慌，日头落了有月光，月光落了有星宿，星宿落了大天光。

2012-5-15 09:45

周末回了趟曾经就读的小学，这里有我悬在栏杆上的童年。

2012-5-16 20:02

山洞中的闭关者在门前立的小木牌，肃静。

2012-5-17 14:26

那天在白云寺吃完午斋，寺里的阿嬷独自坐在客堂里，桌上摆着一碗盛好的面，大伙儿都吃饱了，她像个婴孩一般不肯吃饭，嘴里念念有词唱着歌。年过八十的老师太走到她身旁一边劝着，一边一口口地喂她吃面。阿嬷是老师太俗世中的女儿，一个年约花甲，一个已是耄耋之岁，这一刻好似回到了人世间最初的时刻。

2012-5-18 10:40

昨读周作人的一段话感怀很深：回想自己最深密的经验，如恋爱和死生之至欢极悲，自己以外只有天知道，何曾能够于金石竹帛留下一丝痕迹，即使呻吟作苦，勉强写下一联半节，也只是普通的哀辞和定情诗之流，哪里道得出一份苦与甘。只看汗牛充栋的集子里多是这样的物事，可知圣人天才之外谁都难逃此难。

2012-5-18 10:57

把旧时所历一字一句地写出来，就像重新走过一遍，那些山山水水。

2012-5-22 20:46

初夏的黄昏，几杯不知名的酒，小醉。想起在山里的时候，显然对姐说，你妹在我家喝醉了，对着我们说出了人生最大的梦想，你知道是什么吗？姐不假思索地回答：茶。"错了错了，当时她抱着我家的门柱说，这辈子最大的梦想是当个家庭主妇。"人生好长，抛开主线，最温柔的便是这细碎的时光。

2012-5-23 18:25

南宋林洪专门写了一本《山家清供》记载闽地美食，其中一段话：采芙蓉花，去心蒂，汤沦之，同豆腐煮，红白交错，恍如雪霁之霞，名"雪霞羹"，加胡椒、姜亦可也。请教一下，这里的芙蓉指的是木芙蓉，还是荷花？木芙蓉入汤是闽地的特色，如是木芙蓉，入汤却无色。如是荷花煮豆腐，感觉好怪。求解。

2012-5-25 20:37

木槿花大概是快开了，蓼茸蒿笋试春盘，人间有味是清欢，花痴爱吃花。

2012-5-25 21:06

一枝何足贵，怜是故园春。（张九龄）

2012-6-2 15:21

长安道，人无衣，马无草，何不归来山中老。（顾况）

2012-6-2 18:49

早饭毕，想起小镇的黄昏，两三灯火是星村。

2012-6-4 09:48

昨遇某，邀入座，请茶。茶过一杯，讲起佛道，不喜欢这样说教式的交流，思绪飘得很远。想起山谷里的三一道人，偶然结缘，不强迫，自然交谈，说起草药来的眉飞色舞。

2012-6-8 12:11

今天的九曲溪很美，呼之欲出的清新，薄薄的水雾轻锁水面，小舟轻筏其中。镇上两个孩子在溪边摸鱼不幸溺水，桥上围了一圈的人。

2012-6-10 18:33

布衣粗食，一把茅遮屋。开门见有薄田，房后青青修竹。闲来与邻唠嗑，读书不为功名。种瓜、浇花、酿酒，一夏闭户先生。回看去年夏天拍的照片，一阵清凉。

2012-6-13 16:24

入梅，整日雨。

2012-6-17 21:39

做了不好的梦，醒了，人世间这场大梦不知何时会醒。窗外隐约的雨声，天欲曙。

2012-6-22 04:54

晨沐山风，闲看雨荷。

2012-6-22 08:01

娘亲生日快乐，各位端午节快乐。

2012-6-23 19:56

下午跑到星村看水，一场下了近半年的雨，愈演愈烈，洪涝又起的武夷，青溪成黄河。雨中的山很美，山中的雨真愁。

2012-6-23 22:22

雨滴铿锵，敲打在屋瓦上，这样古老的音乐，属于中国。

2012-6-24 12:00

我在听雨，母亲在看人，嘴里唠唠叨叨地说女孩笨。路边有一个撑伞等车的女孩，足足在马路边站了一个小时，车还没来。母亲比女孩焦急，里里外外地走，前前后后地念叨，终于忍不住撑着伞去问她要往哪走，告诉她雨这么大，去建阳的车早停了。劝解完女孩的母亲大舒一口气做饭去了，雨忽然小了，世界安静了。

2012-6-24 12:12

两个无聊的人，跑到东溪水库看水。

2012-6-24 16:11

青岛有酒中八仙，狂言"酒压胶济一带，拳打南北二京"，特来领教一二。

2012-6-27 14:06

小暑，肉桂与白水各置一杯，坐看茶烟曼妙轻舞。

2012-7-7 11:21

炎夏里最喜欢的诗之一是：南州溽暑醉如酒，隐几闲眠开北牖。日午独觉无余声，山童隔竹敲茶臼。在古代茶文化里，茶臼因此有了雅号，隔竹居士。

2012-7-8 11:55

大暑，吊床风里听蝉鸣，看取狂柳一片。

2012-7-22 11:43

早上回到山里，忙了一上午。下午独自泡了今年新出的金观音，三壶水，十余泡经久不散的乳香，简直醉人，茶毕，大汗淋漓，对待酷暑的最佳方式。

2012-7-24 16:13

猪油是拌粉的灵魂。

2012-8-8 12:05

一啜涤烦轻忘世，满山花落不知春。

2012-8-8 22:06

日长何所事，茗碗自赏持，料得南窗下，清风满鬓丝。（唐寅《事茗图》）

2012-8-17 07:32

一对台湾夫妻找到师傅那儿去喝茶，入眼是简陋的茶具，一副不锈钢茶盘，台湾人很讲究，心下便有了先入为主的优越感，茶过几番，沉默无言。在这个以形式多过本质的茶世里，小老头前辈却给我写了一个"醉"字：山人不喜红尘物，心头无事醉岩茶。草木醉的是茶的本身，而非其他。

2012-8-17 11:43

午茶，雨声如豆。

2012-8-18 14:36

低调与谦逊，持久和传承。

2012-8-18 18:19

早上去斗茶赛，揣了个小杯子，盛来满碗坑涧里的茶香，一整天都有余韵。

2012-8-19 19:53

面对百家茶，直如微尘，悲凉的心境，沧海一粟。

2012-8-19 20:05

山里山外，都是江湖。此心安处，便是吾乡。

2012-8-21 21:56

所谓用心，不如忘掉用心，无心之心，得鱼而忘筌，得意而忘言。

2012-8-29 01:52

五柳先生之贵不在于隐，在于乐尽天真。

2012-8-30 10:48

梦大雪如团，崇阳溪山顷刻皆白。

2012-9-2 10:05

在杭州馋了几天茶，有天路过一家售岩茶的茶店，走进去喝了店主的大红袍和水仙，也让店主喝了自己随身携带的肉桂和石乳。感慨于市场认知岩茶的误区，竟把高火接近炭化的茶作为好岩茶的指标。

知交好茶，不若一个"幽"字。茶的文字里，很喜欢古人的十六字：茶熟香清，有客到门。可喜鸟啼，花落无人。一幅待友之心被啼鸟误导，开门却是无人，空对青山，彼时茶香随清风而至的幽境跃然纸上，由此写了一首《自题不知春斋》：小斋梅影沦茶亲，石火松风洗客尘。一啜涤烦轻忘世，满山花落不知春。

2012-9-8 21:44

听前辈讲过。@中国茶叶博物馆茶友会

2012-9-9 00:29

今天想讲一个败山香的故事。这是一个武夷老茶人跟我说的，他说他活到七十只闻到这么一次岩茶的败山香。这种香是茶树最后的回光返照，告诉主人土地贫瘠，它的生命已进入最后时光了，若不打点明年再长不出新叶了。这种茶树产的茶叶有奇异的败山香，特别珍贵，你可有喝过？茶如人，人如茶。

2012-9-5 16:58

再见城市，再见朋友，我喜欢这句话，偏爱及早离去的人。

2012-9-12 13:59

苏轼逐首和陶诗一百零九篇，爱其天真，一个人心中若无偶像，

大概是很落寞的一件事。

2012-9-14 09:44

"相信自己心头的烦恼，也许就是觉悟的开始。"

2012-9-16 00:22

嗅花风入鼻，掬水月浮身。夜静焚香坐，空山一个人。

2012-9-16 11:28

人间几度曾孙老，只有青山无古今。

2012-9-16 12:15

清冷的黎明前夕，思绪有寂凉的余味。

2012-9-18 04:06

凡是在武夷山蛰伏了十年甚至数十年的茶人，多多少少都有舍我其谁的孤傲。对这孤傲，我的赞叹里有惊艳，也有惋惜。

2012-9-20 11:49

去邮局取书回来，秋稻金黄，大家在谈很田园的未来，阳光温柔，轻轻溢出的喜悦。

2012-9-20 15:47

师兄说老枞是朝花夕拾，老师说老枞是在山谷里走累了忽然一阵山风的清凉。有时候山南山北地待着，虽未曾谋面，我们却已经在茶里聊了很长一段的话。

2012-9-21 22:08

秋分，桂花的香浸在空气里，忆杭州，几度新凉。

2012-9-22 15:51

不知不觉手机又关机三天了……

2012-9-25 22:24

当茶变成工作，修行就开始了，笨拙地上路，谁的人生不是悲欣交集。

2012-9-28 21:03

不经意的平常之处突然经意起来，秋深了。

2012-10-2 17:34

偶然值林叟， 谈笑无还期。

2012-10-2 17:51

傍晚终于把瞅了半个月某村口的柿子一举拿下，很久没爬树，感觉很好。

2012-10-3 17:17

不知春 ——

如何处理纷繁的人际关系，父亲说了八字：来者不拒，去者不留。

2012-10-4 21:23

"幽淡有余，饶有远韵"，说的是一首好诗，也可以是一道佳茗，或者一个妙人。

2012-10-5 11:59

事实证明，酒后不可吃好茶，不知其味是一，茶气酒气双管齐下，醉得一塌糊涂。

2012-10-6 00:44

昨日上山，有茶妇晒还魂草，武夷岩壁多见之，江西人谓之"起死回生"。

2012-10-8 10:53

并蒂茶花，清婉可爱。

2012-10-15 23:39

昨日走山，遇小蛇滚爬于茶径，惊慌失色，奔行十余米。

2012-10-17 00:08

北风已至，茗花未满。

2012-10-17 21:22

时常想到死亡，因而宽容。世间微尘，死生昼夜。

2012-10-20 22:44

傍晚在城里办完事和母亲约好地点坐车回家，会错意被载到别的地方，身上没有手机没有钱，来来回回走了很远，半个小时后在昏黄的路上听到母亲喊我，母亲说：我知道你身上经常不带钱，所以不敢走，在这里等你。眼眶一下就红了。

2012-10-24 18:47

今天跟哥上茶山，第一次在山上遇到野生猴群，回来时采了很多白地瓜，学名凉薯，清甜可口解秋燥。

2012-10-26 21:38

多见一个声色犬马之徒就对一颗认真朴素的心多存一份敬意。

2012-10-31 22:06

古老中国的乡愁，在田野炊烟，深秋迟暮。

2012-11-1 17:10

一个人同时喝两泡茶，左边肉桂，右边水仙。一个新火未除，锋芒初露角；一个七年陈寂，清凉有空意。不曾拿起，何谈放下，两种岁月，一个人生。

2012-11-2 21:22

不知春 ——

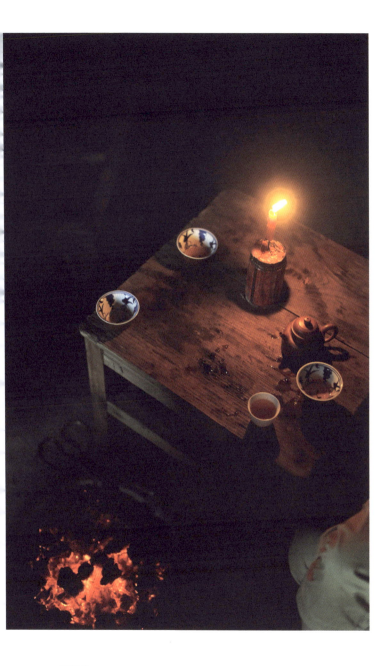

立冬遇猫，自有威仪。

2012-11-7 22:32

清晨入古寺，初日照高林，雨后武夷，是冬如春。

2012-11-11 11:07

空山无人，水流花开。

2012-11-18 21:15

万松岭上一间屋，老僧半间云半间。云自三更行雨去，回头方羡老僧闲。

2012-11-21 18:24

抄《秋声赋》，有猫在侧虎视眈眈，笔尖不敢妄动。

2012-11-25 20:10

夜，煮水，无上清凉，此刻还有谁同在喝茶？

2012-12-1 22:15

喝茶，也看四季枯荣。止止庵白梅，枯枝待雪。

2012-12-8 14:26

早上去止止庵喝茶，山里入冬了，不怎么冷，一个人坐在树下喝茶，山风清朗。前几天初遇不远复涂兄，他问我最喜哪里喝茶，我说止止庵，水质好。他问一般拜访哪位道长，我摇摇头。一个人携茶入山，烧水，喝完便归，自来自去尽得自在。有时候我们或许仍希冀有六朝人的风度，闻所闻而来，见所见而去。

2012-12-8 16:19

江山风月，本无常主，闲者便是主人。

2012-12-9 11:05

终于有一天记得把手机带身上出门，却忘了把它带回家。

2012-12-15 10:23

最美是茶花。

2012-12-15 21:06

温度回升，山里的白梅提前绽出花骨朵。

2012-12-16 21:31

寺里的阿嬷晒了几列豆腐，准备做一道人间美味。

2012-12-16 22:20

家里焙茶，整栋楼弥漫着茶香。夜里披着一身雨滴归来，心里微笑着，好像一个几十年熟睡不曾醒来的梦，那么久了，我们坚定地不曾离去，住在温暖的茶香里。

2012-12-17 23:15

不知春 ——

作为农民，冬天是交流心得的时候，走家串户，三六九等都看。

2012-12-19 22:56

前半夜是喝茶喝茶，后半夜便回甘回甘。

2012-12-27 00:36

有的人会越走越远，有些茶会越来越好。人生如此，空杯以对。

2012-12-27 00:57

傍晚临时决定去止止庵吃晚斋，冷不丁发现梅花开了。晚上和几位道长聊天，喝今年的肉桂，说起去年的那场雪。云谷道长笑言：不知年月几何，只知道云板一响就该吃饭了。打着手电出山，看星星明亮，月光穿过树荫。

2012-12-30 21:31

跨年夜，月到天心，与师友们一起度过，喜乐安详。祝福诸位，新年吉祥如意。

2012-12-31 22:38

二〇一三年

喝茶变得越来越简单，一枝白梅，一些野趣。

2013-1-2 17:25

清晨入山，山苍子开得烂漫。

2013-1-2 17:39

眼睛闭了又睁，时不时起来看看又缩回被窝，等一场深夜的雪。若不至，那么请落到孩子们的梦里来。

2013-1-4 00:38

一天没喝茶，半夜辗转反侧哆哆嗦嗦出被窝，煮水泡茶，第一口入腹，整个人都酥软了。两道完毕，情思爽朗。

2013-1-6 00:52

城里回来，路上想起一个姑娘。初次见她，她由北京到武夷工作，妆化得美艳，言谈里透露回城市的愿望。最后一次见她，我在止止庵喝茶，她向我告别，此间她已离返山里一次，她的变化很大，衣装简净，无妆饰的脸稍显枯瘦，透出素雅的美，变得自然，我心里赞叹。夜里回到茶室，煮水，继续一盏没有喝完的茶。

2013-1-9 21:49

风景依稀似去年。

2013-1-10 22:14

梅花落满道。

2013-1-13 22:12

近几日转山，发现不少茶农把水仙茶树挖了改种肉桂，今年水仙茶市不好便挖之而后快，他年呢？茶亦如此，人何以堪，悲凉。

2013-1-17 19:09

山中欲茶苦无友，折枝梅花聊作伴。

2013-1-17 22:16

清静为师。

2013-1-17 22:24

下午在白云庵喝茶，阿嬷依旧哼着歌，时不时喃喃自语说着几句只有自己能听懂的话。今天是腊八，梵乐穿过回廊，细幽幽地飘入耳朵，也飘进心底。师太接待了大半天的客人后，歪着身子睡在了傍晚的余光里。小尹有一搭没一搭地感慨山里的日子就这样一天天过了。一杯下午茶温润入心，我们已然在其中，平凡真实。

2013-1-19 23:35

花开一年复一年，草木如旧僧如旧。

2013-1-24 17:14

几尺雪藏山径暮，一枝梅簇洞门春。

月上枝头。

喜欢和学院派科班出身的茶友聊茶，分析茶理不偏执，客观真实。相反的是大多数本地同行，只会一味地把别人的茶踩得一无是处，再把自己的茶捧到绝无仅有。茶人胸怀若此，茶品可见一斑。

下山途中相逢赶集归来的老师太，好美的笑容。

打扫屋子时发现木工师傅在休息时作的画，好萌。

正是江南好风景，落花时节又逢君。

简单明净的好姑娘，恍若山风。

不知春 ——

立春。

2013-2-4 19:57

滚春雷了，半边艳阳，半边斜雨。

2013-2-5 15:39

春节饭桌，举筷四顾心茫然。

2013-2-10 21:48

春雨连绵。

2013-2-15 21:18

开心，是因为心被打开了。寒夜访茶者，难得有缘人。

2013-2-20 00:06

歪着脖子听雨声，滴滴答答。

2013-2-26 04:59

去五夫赶集，从白水经吴齐到下梅回城，山路蜿蜒。今年是寡妇年，春短。长辈说着山城的变化，三十年河东。东风早来了，一路桃李抽簪，红的白的盛放在路边、田野、农家的院子里。最美的是嫩柳，清软的春风穿隙溜过，尽是温柔姿态。

2013-2-26 18:40

喝了一大碗草药汤，凤凰蛋加陈茶一起熬煮，微微地苦，醇厚处更像吞了一大口仙草冻，淡淡的甘甜回来，清润的气息。

2013-2-27 10:47

昨日花开烂漫。

2013-2-27 17:15

今朝青梅如豆。

2013-2-27 17:16

寺院进门抬首可见的＂去吃茶＂。同样的三个字，念起来却比赵州禅多出了一份让人嘴角上扬的温暖，朴素又美好。

2013-2-28 10:26

早，清晨的止止庵，鸟声在醒来。

2013-3-8 07:58

徒步三仰峰。

2013-3-9 20:01

饭毕喝茶，石为几。三人去登顶，把泡完剩下的慧苑肉桂茶底煮大碗茶凉着解渴，满口箬叶香，恍似蒲扇摇过的清凉，山里初夏的味道。

2013-3-9 21:16

不知春 ——

一个人的时候，欣欣然开汤，正襟危坐。

茶路很长，永远是孩子。

茶，发芽了。2013年3月19晨，章堂涧。

今访白云庵，适逢镇里阿嬷集合在寺里做清明粿，春笋酸菜馅，好吃极了。

春分，僧庐听雨。

阑外一株桃树，阑下半桌经书。想象山花烂漫时的光景。

梦里喝了一道茶，酸极了。好吃的梅子酸，酸后是绵柔的蔗甜。醒来浮起一句"梅子留酸软齿牙，芭蕉分绿上窗纱"，夏天不远了。

山里的清明粿，一种月色是两般。

2013-4-9 21:56

谷雨，不知春斋。

2013-4-20 17:55

早，春茶季。

2013-4-23 10:51

昨夜新雷何处发，家家嬉笑穿云去。

2013-4-23 10:55

上山看茶，发现有管理的茶园和野生散养的菜茶之别，菜茶的茶芽比茶园成片者更偏向紫红色，"大红袍"之名大概和秀才无关，只因当初成片紫红色茶芽欣欣向荣，故名"大红袍"，亦如唐之贡茶"紫笋"。

2013-4-23 11:01

昨晚查资料，紫红色茶芽比普通的茶芽富含更多的花青素。春季漫步山林，不难发现许多植物最初萌发的即是紫红色的芽。去年白塔山之行，三一道人捧着自己采摘的紫芝向我叙述"紫"与自然，老子骑青牛过函谷关，为何偏偏是"紫"气东来。

2013-4-23 11:16

午茶，风习习。

2013-4-26 13:14

分拣茶叶，孩提时代的噩梦，大部分玩乐的时间都被耗在茶叶堆里，偶尔背着母亲偷偷出溜去拣小溪里的贝壳引诱菜园中的青蛙。因排行最小，彼时被分配挑拣茶梗，轻松。犹记得二姐如鸡啄米的劲头，好几次都以为她要把茶叶拣碎了，铮铮之声落在古旧的巷子里，而时光早已一去不返。幸好茶还在，朦胧的月色还在。

2013-4-29 09:53

灯如红豆最相思。

2013-5-6 22:36

前阵子友人路边捡了一窝被弃养的小奶猫，寄养在我们这儿，养了一段时间，很萌很健康，一点儿也不怕生。六只太多了，养不下，武夷山地区，萌猫求收养。

2013-5-9 17:36

蓼茸蒿笋试春盘，人间有味是清欢。

2013-5-10 11:07

咱家六只猫。

2013-5-12 23:47

不知春 ——   —— 143

晚上茶罢，回头一看，水仙已经在火笼里睡成如是状，心都化了。

2013-5-14 21:47

雨季，凉台一景。青竹改造的花架，还没想好种什么。

2013-5-15 14:35

五月里盛绽在山谷的野百合。

2013-5-16 22:19

白云庵带回的一小朵宝石花。

2013-5-26 22:27

早上赶集时从篾匠那买了一个超豪华猫窝。

2013-5-27 11:34

一边等人，一边做岩茶笔记："工夫茶最早作为一种名茶，源于武夷山，其最早记述品饮方法杯小如胡桃壶小如香橼的是袁枚。后传到闽南延至潮汕，经进一步演化为品饮方式，名曰功夫茶。"

2013-5-29 00:58

静女其姝。

2013-5-29 14:05

清凉峡。

2013-5-29 21:18

夜深只恐花睡去。

2013-5-29 23:10

新添常青藤。

2013-5-30 22:13

笨拙，缓慢，在人事上常常很吃力，如我。沉默是，只因年来不知春。 @贾柯的微博

2013-5-31 10:08

内存。如果人也有内存，它的容量一定是不同的。有的人，可以同时做几件事，跟几个人交流，读几本书，得心应手，乐在其中。有的人，不能，在现代生活方式中，这样的人是慢的、笨的、低效的，一段时间里，眼睛只能专注地看一个人、做一件事、读一本书，情境不对等时，就觉得吃力，会起身而去，比如我。

2013-5-31 09:58

夏天里闷闷的热是恼人的，耐不住性子的人直呼热得跳脚。对抗它的方式，不是闭户空调，也不是荫凉消夏。喝茶，把这股热顺上去，三壶之后，大汗淋漓，前身后背，终于通透。

2013-5-31 16:06

六一，梦想有匹马。

2013-6-1 09:56

对于一个学茶者来说，随时能走进山中是一种莫大的幸福。傍晚漫行岩骨花香道，经慧苑，闻梵乐而止。

2013-6-4 22:42

下午读朋友推荐的瓷之色，兼之以大碗茶。竹椅凉风绣球花，最能消夏。青山倏冥，山雨袭来。这个季节的诗是满座顽云拨不开，白水跳珠乱入船。那些年在杭州，忆江南。

013-6-11 17:42

朋友说花期未盛，我们欣欣然奔赴五夫荷田。此时豆蔻，最是娉婷。

2013-6-11 17:49

晨，独自漫步山林，慧苑寺小憩而归。

2013-6-13 11:07

刚刚还在问月亮出山了吗，转眼就轻轻柔柔地升起来了，袅娜得好像梦一般，今晚的月。

2013-6-23 19:41

傍晚，空山新雨后，跌倒深深的绿里，山里的夏。

2013-6-29 18:40

是夜，茶。北斗端坐茶台看我们喝茶，像极了子恺先生的一幅画。草草杯盘供语笑，昏昏灯火话平生。画里的人饮酒，我们吃茶，同是把盏，一般生活。

2013-6-29 20:46

秋葵君，呜呼哀哉。

2013-7-5 22:47

深山两日。

2013-7-8 00:10

猫掌柜，牡丹。

2013-7-13 12:49

台风过境，天凉似秋。傍晚和小伙伴们转山，荷露而归。

2013-7-14 19:58

云上喝茶的日子。

2013-7-23 08:57

很长一段时间拎不清"不知春"和"雀舌"，请教诸多老茶者，结果大抵如下：历史上不知春并非雀舌，如今为了市场运作，雀舌也叫不知春。

2013-7-24 15:54

不知春 ——

1943年林馥泉在《武夷岩茶生产制造及运销》一书中所绘的碧石岩茶厂。

2013-7-24 16:07

如今的碧石，唏嘘数十年，完整地保留了当年的结构，为管山茶工所住。

2013-7-24 16:15

武夷山也有许多诸如此类的隐修者，条件差不多。记忆最深的就是一读书人在深山里著书，可惜四体不勤不会种菜，饿了就采野菜来煮面， 撒点小鱼干，种的七叶一枝花很快就死了，他不为此而苦恼，精进于所学，自在快活。

2013-7-25 13:20

隐修与隐修是大不同的，去年登山发现悬崖顶有茅屋菜园，又转入竹林，方见着僧衣的老者，眼神躲躲闪闪不愿见人。同是山林，有的人越来越旷达璞真，有的人越来越狭小逼仄，山谷之士。

2013-7-25 13:26

闻香识茶。

2013-7-25 23:09

人生如寄。

2013-7-28 10:35

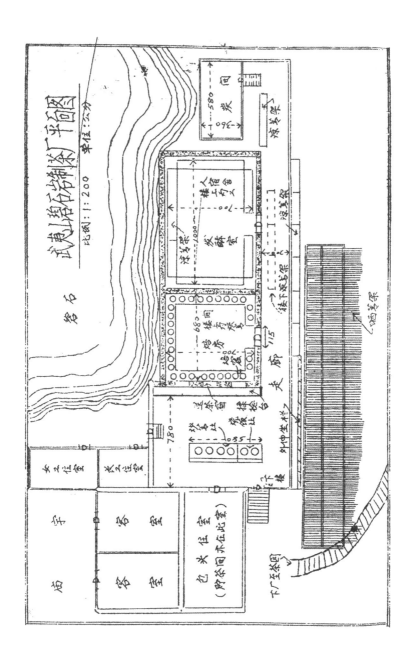

武夷山绿竹筒古制茶厂平面图

比例：1:200   单位：公分

不知春 ——

武夷岩茶分类表。

2013-8-1 16:37

白云庵菜园，槿花成篱。

2013-8-4 22:37

槿花入席，12年吴三地枞水，高山箬竹气息。

2013-8-4 23:08

十分冷淡存知己，一曲微茫度此生。

2013-8-14 08:53

喝饱了先躺会儿，温饱思离谱儿。主人说了，"竹椅凉风绣球花，最能消夏"。

2013-8-16 13:37

癸巳山茶花问茶会，曲水就岩茶，闲窗话柳永。

2013-8-18 19:34

在集市买了几朵新鲜莲蓬，老妪取了两枝莲花赠我，乡邻添暖意，荷风送清凉。

2013-8-22 09:57

睡美人，牡丹尤在花下眠。

2013-8-29 10:45

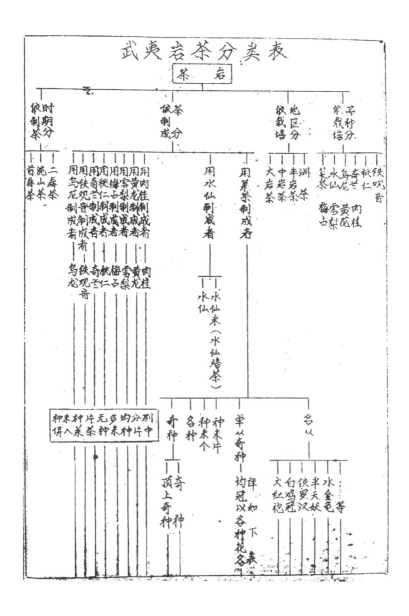

武夷岩茶分类表

今日去慧苑，出山的路程有些疲乏。我们谈起孩提时在山里常见的吃食，木槿煮汤、金樱子花煎饼、映山红、赤楠、地稔、鼠曲草、八月裂，酸枣儿、仙草蜜、苦槠糕、松木柴里剖开的天牛幼虫……方言说起来别有味道。说笑着渐渐低沉起来，山都落寞了。

2013-8-31 20:29

从业以来收到最长的茶评，来自县民小姐。很多时候当茶不在别处而在当下，想表达出来的东西越来越少，偶尔也会灵犀一点，但大多流于自斟自饮，不足为外人道。感谢县民小姐这般温暖的笔触让我在家乡的风物里也有了"归"意。

2013-9-5 15:27

午间循牛栏坑至鬼洞，站在洞口瞭望岩山的坑涧幽壑，错落茶树，风细细，几丝清冷。才回首，两三朵零星的茶花已经开好了，或迟或早，又一年，花开秋来。

2013-9-6 20:12

秋日晨，懒猫一枚。

2013-9-8 12:32

躺了一天，病来如山倒。夜深了，风凉依旧，踮着脚从最高处摸出了某些故意遗忘的茶，两只猫都不在的夜里，和老朋友说说话。

2013-10-1 23:05

不知春 ___

手倦抛书午梦长。

2013-10-3 12:46

再入碧石岩，访古茶厂。一路野趣盎然，采野生柚子解渴，茶花莞尔，桂花凝香。煮水喝茶至茶工炊饭乃出山离去。

2013-10-4 23:55

傍晚的光。

2013-10-6 20:44

和罗汉闲喫茶，煮水开汤间，茶的语言，微妙静默，君子慎独。

2013-11-4 15:27

事茶者在一起交流，避免以过于感性的语言去描述一款茶，感受太主观。应直白客观识茶，眼耳鼻舌身意，直接切入茶感，苦涩度、回甘度、干净度、茶汤厚薄、茶气强弱等，清甘香活四字形容殆尽矣。关于禅意、枯玄、妙境等几乎是已经跳了几个境的感悟，大多虚无缥缈没有根气呢。

2013-11-4 15:51

平常心是道。

2013-11-8 10:32

午后闲余，携茶至虎跑，排队取虎跑泉，在弘一精舍旁的石几处煮水泡茶，阳光穿过树林，斜影习习落于石几，秋色好。虎跑泉甘美非常，比农夫好，较永生泉略逊，泡出的铁罗汉花果香特显，尾水出粽叶香。参观李叔同纪念馆，"以戒为师"沉甸甸地落在心间。哼着《送别》出山，时值傍晚，汲泉者依旧往来不绝。

2013-11-19 19:41

不忍辜负这一地暖阳，新搭小茶台，适合独坐对饮三人成趣。

2013-11-21 14:36

又见三宝。

2013-11-25 11:22

山居冬时，喝茶逗猫。

2013-12-2 16:08

心有猛虎，细嗅茶香。

2013-12-6 11:09

大雪，茶聚极乐崖，南方的山林依旧如春。最喜欢这一处方可观山林曲水村舍与迟暮的平地。过完晚斋下山，打着手电筒在山谷里乱晃，茶树花开满的时节，也是"满枝宝光珠玉"，美得心惊胆颤。一路暗香浮动，弯月儿挂在山头，凉风过颈，缩着头，也该是冬天了。

空山新雨后。

早上与朋友驱车桐木关，山下寒翠依旧、不见丝毫雪踪，关内已是白雪皑皑，素净如初。访双泉寺，煮残雪问老枞，冬日茶之美。

动如牡丹，静似罗汉。

斜阳一角。

不知春 ——

二〇一四年

中午照例去小区门口的一家高朋满座的餐馆吃饭，持续了五天的酸豆角终于换成了手撕包菜，加辣不放姜。老板给我倒茶水时下意识屈指叩了叩桌，老板搭话："姑娘，广东人吧。"，"不是，福建人。""你猜我怎么猜的，给你倒茶你叩了桌子，广东人可是最注重茶礼节。"这一不小心暴露的职业习惯。

2014-1-10 11:57

山里的白梅已经开了零星几朵，半个月后的武夷，山谷、溪涧、道庵、村舍旁的白梅将大开。疏影横斜处，一个看花人。

2014-1-15 18:04

早上溪边闲步，见一着保安制服的人从"印象大红袍"剧场走出来把一袋垃圾扔进崇阳溪，我上前制止已来不及，他告诉我无处倒垃圾才会这样，随之扬长而去。

2014-1-23 08:20

二十九夜，贴春联喝茶，朋友携来整挂梅花。岁末，插枝梅花便过年。

2014-1-29 23:53

年三十晨，依旧是山行慧苑，梅花已经开了一半，茶农早早入山，山谷里爆竹声此起彼伏。僧人翻旧土，新桃换旧符，又是一年花好人旧。

2014-1-30 22:33

"归来偶把梅花嗅，春在枝头已十分"，立春。

2014-2-4 09:46

山居有四乐：朝行慧苑，夜下灵峰，僧庐听雨，云端喝茶。

2014-3-2 21:54

茶发芽，枪旗渐展，一年春已过半。

2014-3-23 11:10

晨往隔壁县政和访白茶，携雨去，带雨而归，一路青峦叠嶂，云山如泼墨而就。到政和即放晴，渐有农人入山采茶。如今采摘的多是福云六号与福鼎大白，本土的政和大白茶仍需蓄势几日。政和县因茶而名，古县名关棣，因当时上贡的银针颇得宋徽宗钟爱，把当时的年号赐予关棣，从此有了政和县。

2014-3-27 21:35

山山唯落晖。

2014-4-2 16:36

早，不负春光不负茶。

2014-4-9 09:43

早九点随茶农上山看茶，经三花峰、马头岩、猫儿石、桃树窠、仙人脚、蟠龙岗回到马头岩，茶已蓄势待发，半个月之后大采。

中午在猫儿石等雨停，食菜包果腹，各色杜鹃已十分烂漫，金樱子花始开。下午三点出山，又携乐童登灵峰白云寺，过完晚斋始返，明月已满空山。

2014-4-11 22:56

谷雨后第七日，依旧雨。新做了竹篱笆，植物在雨中拔节。

2014-4-26 15:45

行到水穷处，坐看云起时。

2014-5-6 12:01

浮光茶影，我的五月。

2014-5-7 10:16

细雨湿衣看不见，闲花落地听无声。

2014-5-17 20:45

山居小品之天心永乐禅寺。

2014-5-26 19:26

前几日收到醉兄寄的青梅酒，兴来所致，下午也和小伙伴们去采青梅，今年冬天的酒有着落了。

2014-5-30 19:14

转发微博@波波想遛弯

2014-6-13 12:29

看叶广岑写曾周，几十年了埋在秦岭深处三官庙村里，碑就是一块石头三十几个字，八十年代北大生物系的学生，在佛坪考察大熊猫时跌落山崖，同学们挖了一株太白杜鹃陪伴他。老师潘文石和同学吕植已经是知名学者。叶有一年碰到曾周自汕头来的父亲，老人对着山喊：周周，爸爸来看你了，爸爸老了，以后不来了。

2014-6-12 17:18

春天种的藤蔓，夏至已成篱。

2014-7-15 00:16

炎夏煌煌不能避，清凉度之。

2014-7-17 10:35

去吃茶。

2014-8-6 16:05

山河日月，草木一秋。

2014-8-9 11:38

酒醒只在花前坐，酒醉还来树下眠。

2014-8-26 18:23

不知春 ——

早晚入山已觉秋凉，黄叶萧瑟随风而下，想起《秋声赋》，想起冷冬"围炉吃茶"，喝岩茶最好的时节要来了。近日对水仙情有独钟，水仙在岩茶里最平凡也最耐人寻味。早上与朋友一起喝一泡当年的竹窠水仙，初觉平淡，随泡数增加渐入佳境，兰花底伴随粽叶香，清凉感直入喉底，半晌仍有余甘，方知淡中有真味。

2014-8-31 18:33

秋天的书，光影历历。

2014-9-13 08:37

平时好酒但不胜酒量，对刘克庄的"酒酣耳热说文章，惊倒邻墙，推倒胡床"一直心有戚戚焉。昨日兄长做寿，本土茶农济济一桌，两杯黄酒下肚，满桌各诉岩茶之志。老前辈低低絮语，以"香、清、甘、活"抒平生制茶之情怀。听此方觉漫漫旅途中，从来不缺同道中人。于是眼睫交战，昏昏灯火中欣然而睡。

2014-9-14 19:57

从爸妈家回，骤雨。想起修房子时父亲说的话："屋檐要修宽一点呀，过路的人好躲雨。"

2014-9-18 18:30

前几天喝茶，兴奋地说起秋日行山，"竹窠的枫树应该黄了，碧石岩的柚子也可以摘了"，然后就笑了，如果深山里的枫叶

和柚子想起也会被人惦念，应该也是会心一笑。下午和寺院的小白行走倒水坑、九龙窠，冷不丁地茶花开了。今年的第一朵，志之。

2014-9-22 21:46

时人买酒，遗之以兰。酒虽尽，兰愈翩跹。

2014-9-26 23:12

昨天采的花骨朵，今早芙蓉开面，风韵全来。寥寥几束桂花，暗香盈室。

2014-9-29 10:37

我所遇见的一瞬，天地有大美而不言。

2014-10-2 19:05

傍晚，山谷里沿溪散步，清风微凉，斜阳渐没，山月随行。林间虫鸣嘶嘶，石径松鼠拣食，茶花三三两两，满枝含珠缀玉。游客皆去的黄昏，山水动静皆自然。耳边树叶轻摩挲，山野陶陶，怡然自得。

2014-10-4 20:12

槿花谢，木芙蓉则开。在山里，两种花皆入馔。幼时溪畔有一树芙蓉，母亲常采之与豆腐同煮，汤滑软，煎蛋亦可。宋代写闽食的《山家清供》里有一道花馔："采芙蓉花，去心蒂，汤沦之，同豆腐煮，红白交错，恍如雪霁之霞，名雪霞羹"，大抵就是木芙蓉。芙蓉一日三变，谓之三醉，清晨采回一束，闲来把玩。

秋虫唧唧，山花开落。此生此夜，没有比一个人喝茶更好的事。

快意山林踏清秋，闲隐山寺慢吃茶。

拾秋碧石，早九点进山，午三点出，中午在碧石岩古茶厂歇茶。已经是三度踏入碧石的山场，两年的茶产品里一直割舍不下的碧石肉桂，一路挂满青苔的古茶树，一路的欢呼雀跃，自然真好。迷路走到了"清风涧"，看到整片的白鸡冠，走过的落叶沙沙，南方的山却依旧翠树历历。看足姿态俊逸的老枞茶花，笑而归。

山里变天，冬雨淅沥，早起觉阴冷不适，生火煮水沦肉桂，几道之后额上出汗后背发热，渐觉舒畅。

"如梅斯馥兰斯馨，大抵焙时候香气。鼎中笼上炉火温，心闲

手敏工夫细。"，冬日开焙正岩奇种、百年高脚乌龙及马头岩
肉桂。细细的阳光穿过小窗户碎了一地，闻了一日满满茶香，
期待好茶如期绽放。

2014-12-5 19:59

得阿水道长告知一株倒了的梅树先开了零星几朵花，遂去止止
庵就茶。迟暮光影，杯盏闲话，每年最好的时节就要来了。

2014-12-25 18:11

二〇一五年

寥寥一枝。

2015-1-17 21:54

喝完茶，猛然抬头一瞥，就喜欢这瘦梅配陶缸的疏宕气。

2015-1-18 17:08

朋友寄来父亲种的党参和当归，还带着甘肃的鲜泥和鸡毛，暖冬晒一晒。

2015-1-21 12:06

再访竹窠老茶厂，古茶树沿阶而上，白鹇踱步，梅花插满枝。登高纵览正岩山场，松风排涛而来，采柏子折山花，又烂漫又好玩。

2015-1-23 15:57

墟上写春联的摊，我定了一幅"书似青山常乱叠，灯如红豆最相思"。

2015-2-16 11:51

喵，新年快乐！

2015-2-22 21:59

一夕春雷落万丝。夜与发小聚，喜闻山中第一声春雷。

2015-2-23 23:29

拾兰之芳。

2015-2-26 12:01

似乎只是一眨眼的光景，武夷山已是桃之夭夭、拂堤柳黄。杂花生树、草长莺飞的景象不远了。所幸年之始终，茶事长随。

2015-2-26 17:31

一树梨花傍老屋。

2015-2-28 12:56

萋萋芳草春绿。

2015-3-7 17:24

和多多一起开荒种菜。

2015-3-13 23:13

雨天独坐的喵君。

2015-3-15 17:08

买菜归，云山即景。

2015-3-16 10:40

唯恐夜深花睡去。

2015-3-26 21:39

抓住一只看风景的猫。

2015-3-28 17:30

有时拄杖青松畔，便是人间快活仙。田园之乐，散淡天真。

2015-3-29 18:18

坐看红树不知远，行尽青溪忽值人，春日访茶。黄坑坳头村。

2015-4-1 18:02

工作室终于装修好了，书桌的位置，暂且买尽青山当画屏吧。

2015-4-4 19:47

清时有味是无能，闲爱孤云静爱僧。

2015-4-5 14:11

山里的白鹇鸟，遗世独立。

2015-4-5 22:47

@August_us：

2015-4-6 09:15

李白《赠黄山胡公求白鹇》

请以双白璧，买君双白鹇。白鹇白如锦，白雪耻容颜。照影玉潭里，刷毛琪树间。夜栖寒月静，朝步落花间。我愿得此鸟，玩之坐碧山。胡公能辍赠，笼寄里人还。

2015-4-6 09:12

一早搭集市农用车奔赴深山村落，预定今年的老枞茶青，山家之物至淳至真、野味十分。恰逢伯父采制野茶小种，一年内最忙碌的岩茶季即将开始了。

2015-4-11 18:28

一小片上世纪被开辟的古茶园，位于海拔一千米的武夷山自然保护区，具体不知何人何时种下，十年前被竹山主人偶然发现有茶树夹杂在野树幽篁中共生，于是劈竹开园，悉心养护至今。

2015-4-15 11:45

浓荫只为读书凉。

2015-4-18 10:04

正岩茶今日才正式开山采摘，又是一年春茶如旧，一早到寺里祭茶，祈福和风丽日，报我以岩骨花香。

2015-5-1 11:32

老丛林里的乖侄女，专门负责给采茶师傅们递水倒茶。

2015-5-10　21：31

送斗笠连带聊天，我们的好场记。

2015-5-10 21:31

难得连续天晴，大好。春茶已毕，今日休息。

2015-5-13 08:47

不知春 ——

花有重开日，人无再少年，去岁今时，又见同处百合并开数朵。

2015-5-16 23:48

暴风雨过后，山如泼墨而就。

2015-5-17 18:55

采了一把鲜粽叶。

2015-5-20 16:36

比覆盆子更好吃的是此物，悬钩子，酸甜可人。

2015-5-23 20:11

喝茶，等待花开。

2015-5-25 11:38

此时此刻，弄花香满衣。

2015-5-27 23:23

花开好了。

2015-5-27 23:31

登山，逢雨时晴。

2015-5-28 17:02

已经下了一个多月的雨，该发霉的都发霉，被子几乎可以拧出水来，唯一让人欣慰的是，每天都在仙境里来往。

2015-6-11 12:55

茶已焙了十余小时，只为一个标准，清澈。

2015-6-17 21:10

晨品悟源涧水仙，去岁因工艺瑕疵而尘封一年的正岩茶，经久反而愈发动人。时间是最好的疗愈师。

2015-6-30 11:06

午后，一碗老茶。

2015-7-6 14:28

溽暑，竹影过窗。

2015-7-9 15:52

酷暑已至，朝夕出没，白日蛰伏不出。傍晚去牛栏坑趟溪，采菖蒲和青苔，茶农荷锄归家，晚风渐凉，走过街市，一株紫薇盘旋在湛蓝夜幕下，夏。

2015-7-13 21:34

马头岩的兰草，牛栏坑处青苔，本是风马牛不相及之物，在武夷山如此简单。

2015-7-14 13:51

焙茶，如火如荼，亦不失清凉地。

2015-7-28 18:34

骤雨至。

2015-7-29 14:29

没到过翡翠谷游泳，山里的夏天便不算完整。今年的夏天完整得有些过分了，一汪碧水，三人成趣。年复一年，缘分似浮云游走，青山但不改，绿水只长流。

2015-8-20 00:21

处暑，嬉水沦茶。

2015-8-22 18:46

白露，探访岚谷深山野茶，溯溪而行。

2015-9-8 17:28

早，遇山开路，遇水搭桥。

2015-9-9 09:47

此次探访野茶之行缘起于我和朋友都认为正岩茶成本实在过高，偏离了我们做茶的初衷。一方面坚持做性价比高的正岩茶，一方面作为武夷山土著，希望发掘出更多被遗忘在大山里的"瑰宝"。此次岚谷之行，探访的皆是过百年的老枞野茶，与杂草

不知春 __

花树共生，与溪涧鸟鸣并存。人在草木间的状态，大概如此。

2015-9-10 20:16

时光啊，请你善待所有的美人儿。

2015-9-11 20:57

此刻，闲饮东山。陶渊明大概如此，安得促席，说彼平生？

2015-9-17 14:35

清风裹挟一阵幽香脱然而至，噢，原来你在这里。

2015-9-20 20:34

山寺月中，松际间露；清光朗朗，犹为君故。

2015-9-27 21:24

我们家麒麟才子这标准证件照是为了赶上今年的"琅琊高手榜"报名么。

2015-9-29 22:18

茗花渐开，茶酽秋浓。

2015-10-4 17:21

夜后邀陪"明月"。

2015-10-12 21:48

傍晚骑车经过黄昏，想起这世间的好事好物自有开落的时候，每件事物循道而来、各归其位，其实和我并无太大干系，嗯，白日里因为许久未去赏秋光的焦虑顿时云散。

2015-10-15 22:14

有那么一瞬间似永恒，空山无人恼，水流花自开，秋光宛转入心来。

2015-10-18 13:42

重阳节，朝行慧苑坑，一路茗花夹道，溪涧潺潺，飞鸟徐徐，移步即景，一不小心就跌入醉人的光影里。和朋友们在寺院喝茶，虽未登高望远，却早已在青山之中。

2015-10-21 14:39

吃上品岩茶和读美好的书画一样，留白处的韵味让人着迷。徐徐啜之入腹，再回味过来持久而旷远的丝丝甘甜，也恰是一场茶事最容易被忽略却又最隽永的部分。

2015-10-24 20:25

重访碧石岩古茶厂，朝入山，与百年历史的古茶厂相遇；劈柴生火，石几布茶，彩云追月而归。

2015-11-24 10:52

大雪，围炉猫冬。

2015-12-7 20:19

两个平时皆忙的人临时起意地一头扎进深山，不怕迷途不问终路，乘兴而至、兴尽而归。反正有茶园的地方就会有先人凿好的石阶，偶然的一簇红叶跃然在南方的深绿里，青苔上阶，古径通幽，云水在远山氤氲。刚从日本回山的友人大叹武夷之好，好在山野烂漫又天真。

2015-12-13 12:12

二〇一六年

昨天茶友说品水仙时想到了我，今天就收到满满一箱水仙花。此刻坐怀满室馨香，这样美好的新年开端。

2016-1-5 14:33

但行好事，莫问前程。

2016-1-9 20:09

云来时，一棵树的样子。

2016-1-10 17:18

"白鸟忽飞来，点破一山翠"，刚读到的诗，雨声淅沥，真适合读书呀。

2016-1-16 20:39

山中一夜雨大，为怕梅残，早早寻来。此刻清幽，眼角居然有潮润感，美哭。

2016-1-17 10:24

朝入深山探梅，花期正盛，满枝宝光珠玉。随处一瞥尽是惊鸿照影，美得心惊胆颤。一期一会，花开时节又逢君。

2016-1-19 15:05

一炉火，兼取暖煮茶烤橘等功能。

2016-1-20 21:39

撞见国清寺里吃苹果的小松鼠，叼苹果飞驰而去，太萌。

2016-1-30 21:37

从武夷到浙江国清寺再到福州林阳寺，今年的梅花赏足，颇有"一日看尽长安花"的意思，过瘾！

2016-2-2 16:36

丙申年正月初一，白云庵接引晨曦，三炷清明敬天地。草木君在武夷山给诸位拜年了，祝福大家，祝愿自己，新的一年依旧鲜活快乐。

2016-2-8 07:42

春日，宜负暄逗猫，被发弄茶。

2016-3-1 11:32

鼓浪屿老别墅里的下午茶，天棚、鱼缸、石榴树；老爷、肥狗还差一个胖丫头。

2016-3-7 16:05

深山里打个来回，有的地方一走进顿生清明之感。在这里栽五株柳几亩茶，何如？

2016-3-26 16:09

永福寺的猫猫鸟鸟们。猫咪闲庭信步一点不怕生，鸽子们登堂

不知春 —

入室又猖獗又萌，注意那只灰色鸽子的表情，偷吃到忘我，也是醉了。

2016-3-30 18:01

三月西湖，沿天竺路至法云古村入永福寺，一路少人迹，是来杭州最喜欢走的清幽小道，有深深浅浅的绿和各式浓淡相宜的花儿，心旷神怡。青青翠竹及郁郁黄花的景象俯仰皆拾。

2016-3-31 10:16

此时合住山听雨。

2016-4-9 17:34

东风知我欲吃饭，吹断檐间积雨声。

2016-4-10 19:19

谷雨巡山，岩茶茶芽已亭亭而立，十天之后将进入忙碌的采制期。

2016-4-19 22:06

抱元守一，两只神鸡。

2016-4-20 18:17

前几天 @ 西树 来探山里的百合花期，早上又见朋友提及山谷里的野百合，这两日巡山也不时扬首眺望悬崖上的芳姿是否已经摇曳，幸不是"涧户寂无人，纷纷开且落"，路上总有二三子来同道。回顾一下往年的五月，最好也最忙碌的茶季。

一年一会的白塔山徒步，夜宿龙济道院。夜里风大，烤火炉喝茶，躲在屋里避风。打开门出去如厕，忽见到漫天斗碎星辰，惊喜得叫了出来，手可摘星辰之感扑个满怀，简直不能太好了。

初夏时分最容易涌上心头的诗莫过于"游人脚底一声雷，满座顽云拨不开"，亦或"黑云翻墨未遮山，白雨跳珠乱入船"，这样的景象几乎每天都有。与友乘兴入山，一路暴雨不止，偶有轻雷，脚步却轻快雀跃，在极乐崖安住喝茶，百合花开了几朵，云雾吹散又拢过山头去。

今日久雨初晴，采摘"上上清凉"。立夏后，多数茶叶已老，唯有岩茶坑涧采摘正当时。长于幽谷中的茶树因终年日照不足而滴水不断，两壁直立，出芽期较别处缓慢，但是滋味却芳幽清凉。入此山场，如入清凉境。丙申年岩茶采摘已经进入尾声，看着堆满的新茶，已经有丰收的富足感了。

青箬笠，绿蓑衣，没入茶丛不须归。凡茶之候视天时，最喜天晴北风吹。

不知春 __

喝完这杯茶，告别又一个茶季。

2016-5-13 23:58

午后，茶台上的碎光阴。

2016-5-31 17:43

临清流而食瓜。

2016-6-6 13:28

今天照例去溪边散步，忽然听到姐姐感慨"来早了"，一晃神才明白是今天的月亮还没落在山头上。这几天的上弦月真是美，昨天一个小孩从我身边呼啸而过，边跑边喊"快看金镰刀月亮……"，明亮的声音划过闷热的夏夜，心一下就明朗了。

2016-6-11 01:09

被热坏的萌主。

2016-6-13 13:47

夏至，遗失的田野。

2016-6-21 16:51

小暑，到山谷里露营，借宿山溪旁。日头渐落，从溪里淌了一身清凉上岸，围坐喝陈酿，星光一点一滴爬上山坡，扯了块幕布铺在露天草地，平躺着看星星，流萤在草间矮矮飞舞。醉后不知天在水，满船清梦压星河，大致如此。

2016-7-7 22:17

吴哥行记。

2016-7-20 23:48

第一次走进垒石道观大概也是那么大，迷路了，扎着马尾一股子对山林的向往，深林碧涧颓墙道人似乎都只是昨天的事。

2016-7-31 19:31

开车路过一口泉，打水的人接踵而至，泉水边有人放了洁净的白瓷碗以供口渴的过路人一解清凉，想起前段"耄耋老人凉亭施茶"，古时村口都设有凉亭和大碗茶，现在虽然渐渐失去其作用，但这样温暖的人情还是在山里延续，真好呀。

2016-8-3 17:31

七夕，赶深山庙会，拾山野趣。朋友说一定要喝七夕正午的山泉，甘甜如饴。

2016-8-9 18:30

武夷七月半，有清寂之味。

2016-8-17 18:40

出伏前最后一杯上上清凉。

2016-8-21 15:50

早上出门，风来已经裹挟凉意，秋天已至，脚步都丰盈了，因为这个季节的到来。想起大学老师课堂里讲的一个故事，一位学者正在上课时听到窗外鸟声婉转清越，遂辞去教职翩然归去。生活中有很多这样倏然忘机的瞬间，比如此刻，想没入深秋。

2016-8-28 13:42

白露至，韶光易逝，惜取少年时。这两天的弦月真美！

2016-9-7 11:26

路转溪桥忽见，一群大白鹅！

2016-9-12 12:25

秋后开焙第三轮。

2016-9-24 13:32

春天酿的青梅酒深秋来喝，桂香浸染的夜晚，适合开坛对饮，不诉离殇。

2016-10-17 20:09

奶猫。

2016-11-12 21:36

几时归去。

2016-11-20 18:13

入住原乡芦茨，水杉红透，碧水清凉，瞬间治愈的室外风景。

2016-12-11 15:09

人间有味是清欢。

2016-12-12 18:26

最近事情纷繁杂多且入江南一游，问大海在桐庐吗，他说"有酒有肉，速来"。习武十年的大海有一身江湖侠义快意爽直；民宿细节却做得滴水不漏一步一景。抵达之时民宿的姑娘们就依照大海的交代取出了适合岩茶的器具。室外水杉红透碧水清湛，民宿就在富春江畔严子陵钓台处。在原乡芦茨的这几天，品茶喝酒习医，恍然有古时之风，山高水长。

2016-12-15 13:25

路过千帆叶。

2016-12-22 22:12

什么样的梅花也经不住起这一探二探三探，终于忍不住耐不住得先开一朵以谢探花情。

2016-12-30 17:09

不知春 ——

二〇一七年

白鸟忽飞来，点破一山翠。

2017-1-21 14:13

丁酉吉，声色光影一应俱全。

2017-1-28 08:50

雪霁，大觉寺美翻了。

2017-1-28 13:06

傍晚和友人于国清寺闭门前溜进去看隋梅，游人尽退，松鼠来往穿梭，眼前刹那芳华，远处是隋塔，直到僧人来喊"要关门了"，方舍离去。

2017-2-5 09:56

早上武夷山上落了雨夹雪，未积，意兴阑珊。想起二〇一二年夜半飞雪，天未明，一个人暗夜穿行去止止庵。无一道人醒，轻轻拨开茶台上笼着的雪，山林里簌簌打落的雪声至今犹在耳旁。

2017-2-24 09:37

乘兴而来，无舟可渡。

2017-2-28 13:25

春花将尽，可以围炉的日子不多了。

2017-3-15 19:33

不知春 ——

无来由地，想对着山河恸哭一场。

2017-3-18 23:00

我来问道无余事，看罢梨花打伞归。

2017-3-19 16:16

春花乱开，春芽初萌。

2017-3-27 20:02

人能常清静，天地悉皆归。

2017-4-20 17:36

雨落茶成。

2017-5-8 14:58

山里大部分茶园都承包给客商做乌龙茶，左一棵右一棵无人管理的荒野茶，姑父便亲手采制成工艺较为简单的正山小种。一个多月下来只能制作三十几斤，滋味甘醇有山野气，是春天里最自然的馈赠。

2017-5-31 13:57

晨光熹微中访止止庵。花非花，雾非雾，夜半来此天明去。茶毕欲归，大雨忽倾盆而至。云谷道长笑，这是老天要留你吃斋饭。遂欣然赴饭也。

2017-6-3 08:21

不知春 ——

傍晚沿溪散步，稻田蔬果往来白鹭秩序井然，天地间各循各道。朋友们讲着各种发展计划，对我来说，每年能做好一些茶，有少部分欣赏它们的人，既饱温暖又可自娱自乐，够了。

2017-7-1 21:21

酷暑，新茶开焙。

2017-7-3 14:43

养狗记，差点就毁了人家的一亩三分田。一把辛酸泪。

2017-7-3 19:20

新茶陆续焙好，大部分岩茶需要等到下个月精制完毕，白鸡冠清炖即可。滋味淡雅细腻，糯香明显。正岩白鸡冠产量太少，大部分已改种肉桂，难管理产量少无市场都是原因。我是第二年制作白鸡冠，一则不想让它被市场湮没，二则自己也爱，炎夏无所饮，就可以喝白鸡冠，清凉消夏。

2017-7-8 22:08

傍晚进山，在鹰嘴岩下路遇一小蛇半潜溪中纳凉，彼时月光皎皎，湛蓝天色，两相无事，静静发呆。轻轻地叹了一句打破这沉默，小蛇径自缓缓行去，没入对岸蒲草中，态度甚傲慢，姿势甚优美。以往碰到的蛇都是呼啸而去，这位独有风骨，是为记。

2017-7-28 20:57

清水出芙蓉，天然去雕饰。

2017-7-31 10:47

同学来山里，带她去龙济道院朝拜三皇元君。夜宿道观，夜里看星星，黎明推开门有半月如昼。无电无信号，手机一扔不知去处。烛灯如豆，灯下可读书。山风过森林，从枕下穿夜而来，犹如秋风辞。特别好特别美！

2017-8-14 14:08

夜里没睡好，走在路上每一步都觉得在魂飞魄散。

2017-8-20 18:16

一开始把小白领回家，老妈第一个跳出来反对，哀嚎"天哪！"。现在每天起来，老太太已经遛了两个小区，偶尔还能听到老太太和小白夜半谈心，时不时流露出一种宠溺神情。

2017-8-21 09:38

暮访栖云子，刚入道观，闻箫声呜咽，遂立门前，俨听良久。

2017-8-21 19:35

下班，山里打个来回。

2017-8-25 20:36

早。

2017-8-28 08:50

七夕，莲花山庙会，走在山间的感觉很像秋游。

2017-8-28 16:18

收养白居易同学两个月，它在麒麟兄冷峻又温暖的眼神下，逐渐喜笑颜开、心宽体胖。

2017-9-2 20:51

一年好景须君记。

2017-9-13 19:34

因过竹院逢僧话，又得浮生半日闲。

2017-9-19 17:24

竹影扫青阶，秋山敛余照。

2017-10-12 19:04

每次走夜路的时候，眼前感觉都像撒了一层霜，一清二白。出家人说"你怎么每次天都要黑了才来哟，图啥？""图个清净呗。"

2017-10-20 18:58

屋前几亩丹桂地悉数绽放，夜里织香更甚，屋内屋外无处不在，人很恍惚，好似躺在某种温柔乡里。傍晚骑行十几里，忍不住要赞叹秋色。

2017-10-24 19:12

似此星辰非昨夜，不觉已是廿八年华。

2017-11-4 18:29

山里采一挂野柿随意搭在墙上便是一幅画。阴雨天生炉子煮茶，客散后有迟暮的蓝与这人间烟火，真好看。

2017-11-14 18:20

小猫才露尖尖角，风凉露冷见温柔。

2017-11-16 16:21

-

独居山野，朋友们担心我每来必询"害怕否"，大概是有点害怕，但更怕深陷人事泥潭，永失孤独。乡村晨霭夕光四时变化如夜间荷露；此刻卧床，秋虫唧唧如在枕旁。有时候一段时间实在清寂了，也会火速回家听妈妈唠叨孩子嬉闹，人间烟火此时方弥足珍贵。

2017-11-17 00:10

武夷方言里下雨天是"落雨天"。想起十七八岁的年纪，同学说白云寺有个人在教国文，倾盆大雨中进山去探。懵懵地待在寺院一角听别人上课，佛堂里的雾气徐徐靠近又倏然而逝。下山归家后溪水漫过了桥。寒山词曲犹在耳，转眼已是如今。

2017-11-19 20:31

家有萌犬。

2017-11-25 16:52

风雨夜闯入白云深处，江南的寒湿天，屋里有壁炉，桌上是友人煨好的茶。枕着溪声入梦，醒来看到秋色如此。自然与烟火气过分美好，不枉从杭州一路狂奔而来。@白云深处民宿

2017-11-30 15:20

坐看枫树不知远，行尽九溪红欲燃。身临其境，才叹王摩诘用字精妙。总算把没看过的九溪烟树补上了，杭州真美，他日当归。

2017-12-1 17:03

看花归。

2017-12-6 19:36

上供猫菩萨两尊。

2017-12-12 16:49

流年急似箭。

2017-12-31 23:40

二〇一八年

听闻寒梅开了，步行去止止庵看，一树白花倾倒在地。算如今已是寻常事，我也变成故人一位。韶光如解意，容易莫摧残。

1 月 18 日 19:25

旧时月色，算几番照我，梅下白居易。

1 月 26 日 11:24

今岁寒梅看毕，雨打花落众友皆散去。有一丝恍惚隔世之感萦绕心头，再回首已是昨夜闲潭梦落花。

1 月 28 日 13:14

随风潜入夜。@ 武夷山不知春斋

2 月 13 日 20:57

今日武夷，由雨转晴，天气好到诚觉万物可亲可爱。问好友夫人去哪了，他说沿途采野菜去，瞬间觉得春日已至。坐着晒了一下午背，微微发烫，遂又侧坐倚着凉亭吃茶。时光过分美好，本应虚度，而陌上花开，可缓缓归矣。

3 月 1 日 00:06

春天在跳跃。

3 月 2 日 18:32

山野撒欢儿，斫竹劈柴，生火煮饭。每个人都仿佛回到了童年，

不知春 ——

没有什么比玩更正经的事啦！

3月14日17:11

终于来到朋友嘴里念叨的"武陵源"，经过狭长的山道拐进一个山谷，迷茫的我们立即被村口一树盛开的桐花给点亮了，风一来，落花纷飞空灵洒逸，直是温柔一击。村庄屋舍俨然，却空无一人，屋内炊具桌椅依旧。山谷里有一株巨大的老梅树，似乎可以看到落英缤纷时黄发垂髫怡然自乐的情景。

2018-4-10 12:27

万古长空，一夕风月。

2018-4-19 21:31

春茶季，早六点上山采青，等露水退去的间隙听女工们聊天，"今天村里只要会喘气儿的都上山采茶了！"，听到这句话乐了好一会儿，鲜活。夜里与各路朋友会面完归茶厂，听师傅说茶青已经出了清幽的兰花底。久违了，异常自在的内心，想去溪边散步，去山的那一边。想浸在这茶香里，手舞足蹈，不舍昼夜。

2018-4-28 23:48

去岁手植白梅，今已亭亭如盖。

2018-5-1 13:02

不知春 ——

春茶季。开了一天皮卡，载着满车斗的茶青在深林溪畔穿梭，仿佛就浮在这茶香里，恣意遨游，任意疾驰，觉得此时自己就该是个侠客。偷闲记录几张，各位辛苦了。

2018-5-2 21:39

此生落魄任天真。

2018-5-10 23:27

自来赖着不走的小雕儿，亲近人，会交流。怎么养呢？@博物杂志

2018-6-7 00:11

十秒钟不到即决定拍案而去，一次说走就走的旅行。小七同学感慨走过千山万水，还是深爱中国风的幽寂。闻此言，于心戚戚也。

2018-6-14 20:05

唯深山古观晨钟暮霭可消夏。

2018-7-17 09:58

炎夏煌煌何以避，清凉度之。

2018-7-22 20:58

起夜去隔壁村庄吃茶，路过黄柏溪，寂夜寥寥，繁星历历，溪

中只一渔翁顶着暗黄的光在缓慢收网。水天夜色如此，一时延伫，看愣了去。半晌回过神来，扯着嗓子喊"师傅，有鱼吗"，渔翁答无，遂嬉笑穿夜赴约去。

2018-8-6 23:16

中元。千山皆默了，余纸火一堆。

2018-8-24 19:39

避居深山古观两日，粗茶淡饭，生火煮茶，围炉者只三两好友矣。夜枕秋雨，和衣而卧，起观山云古观，想起苏子诗"未报先生春睡美，道人轻打五更钟"，不觉快哉。

2018-10-14 17:53

重阳晒秋。

2018-10-17 16:09

廿九生辰，年来难得一次放怀畅饮，少年感。去岁已归田园，老梅一株，茶屋数间，实现了多年来的夙愿。环顾四周，亲人康健，良友二三，尊师一位，同道散落江湖。周遭一切趋于暂时的稳定，尘世不觉已是八分满。然"生死事大，无常迅速"，况眼前须臾。既已心入虚无，自当"逢山开路，遇水搭桥"。

2018-11-4 11:22

昨夜友至，正好一壶上上清凉行至尾水，捉杯一饮，叹"好茶呀，小环境极好！"，我笑答"四面石壁，入谷恍若见鬼！"。想起最常形容上上清凉的两个字，阴森。朋友拿出去岁亲制的五夫老丛，虽非正岩，骨劲略逊，但工艺锦上添花，滋味厚实浓酽，清凉感隐于其中。一杯茶觉受到了制茶者的用心，抬首看到友人眼里清澈的光，茶人合一。这世界还是美好的呀！

2018-12-16 10:33

前几日在青城，隔壁院落一株蜡梅开了，香气过墙而入，袭人心肺。同门两三人没忍住折数枝而返，路遇花主，老婆婆大怒，欲抢而归，同门鞠躬致歉三令五申再也不采，方罢！闻之不觉大笑。去岁移栽的寒梅才开第一枝，已有怀珠揣玉、欲作锦衣夜行之感，何况有人攀折，可能会当场翻脸。当一个梅花老婆婆似乎也不错。

2018-12-28 17:22

"琴不在人，听不在音。你说怎么弹的，我忘了。"
一句很妙的话从一个风烛残年老者的记忆里悠悠飘落到我这儿，过去虽已碎不成网，仍有那么一些熠熠生动的瞬间支撑我们暂时出离。

2018-12-28 21:30

不知春 ⸺

二〇一九年

今岁寒梅初探，立于花间，大雨倏然而下，横斜错生，疏枝淡韵，情与花俱乱。

<u>1 月 2 日 17:13</u>

傍晚走过寺院，三两僧人于松下纳凉，天边的晚霞尚且绯红，最爱的湛蓝夏夜已见端倪。与经年未见的前辈一起喝茶，说些用了心的话。初夏的夜晚真轻柔。

<u>4 月 21 日 19:56</u>

又一年春茶开采。

<u>4 月 29 日 16:02</u>

立夏，春茶最后一采，上上清凉！山场鬼斧神工，树蹿得几人高，奇诡阴森。清凉否？上上清凉！

<u>5 月 6 日 18:50</u>

踏着月光去看花，野百合开了。

<u>5 月 12 日 23:41</u>

喜喜

<u>5 月 24 日 12:51</u>

庸碌几日总要回归到好好喝茶。一人一茶相对总有很多交集讳莫如深难以记述。此感恍惚，如同置于深林听溪，异常静谧清

凉。古人用字精妙，"明月松间照，清泉石上流"，如是。今天喝孤山，入口化于无形转瞬即逝，像极了这如梦似幻的片刻，一点也抓不住。忽然觉得，这个世界我居然未曾来过。

7 月 18 日 17:30

沉迷夏天的暮色和夜晚。

8 月 4 日 13:39

最近稻花好香，在院子里摆上八仙桌蒲扇，坐在暗夜里饮茶，头上星斗罗列，眼前一烛如豆。稻香愠热，天生就有烟火气。

8 月 27 日 09:52

昨天夜里散步见到了今年唯一一只夏萤，接下来屋子前成片的月桂将开，更有摧枯拉朽之势。秋天就该是个脚不点地摇摇晃晃浮在梦里的季节。

8 月 27 日 10:02

秋天一到就能唤起我做一个老农的朴素愿望。披榛觅路冲泥入，洗足关门听雨眠。

9 月 3 日 20:26

不到满月，稻已结穗。

9 月 5 日 22:41

不知春 ——

不知春 —

非止非住，豁然有隔岸观火之觉受。

10 月 3 日 10:16

一不小心室外的丹桂已极具侵略性。岂止入梦，花气萃然，隐约有浮动床几人身之势。

10 月 25 日 12:35

自从有了小儿，片刻伸伸脚吃盏茶，大有偷得浮生半日闲之感。夜雨渐息，抄遍心经糊一个旧黄色的小灯，须臾出世。

12 月 20 日 23:14

冬季，清润到骨子里，内外通透如洗，梅花开了。

12 月 25 日 17:39

丙申探梅·落花时节又逢君

一年中大部分时间忙碌无趣，唯有这一个月整个人都极具烂漫风骨。

早早一个月开始抄写关于梅花的诗，茶室里循环播放《梅花三弄》的琴音，常按耐不住性子往山谷里去一探二看花期至否。终于，武夷山的白梅开了。

一生里有许多朋友，喝酒吃茶聊琐碎人生，但只有那么几位是白梅开时想和他一道去看的。

直指武陵深处

打电话给乐老师，"明早去看梅花吗？""去。""清晨五点半见？""好。" 如此这般，不询去处不问有谁，探梅之约就此达成。可以一起去看花的友人大抵、必须是这样，有一些魏晋人的风度，乘兴而来，即兴而去。

乐老师是位琴师，琴音精妙，我却不懂。我常戏称他是中国好闺蜜，彼此年龄相距二十年，却往往心有戚戚。他说不常弹梅花，但是若能在老梅树下为我抚一曲却是可以的。我大大咧咧惯了，表面不以为意，心下颇为触动。

武夷有桃源洞，洞中是桃源观。缘溪行，穿过溪涧密林，石阶上夜里新下的落叶疏疏，径边有郁郁菖蒲和零星兰草。初极狭，钻过一幽深晦暗的狭长山隙便豁然开朗。道观俨然，鸡犬相闻。两树白梅立在老君石像侧作伴，颇有风致。此地风景，与陶渊明的武陵源除了地方不同，并无二致。

遗憾的是溪边那株最好看的梅花已被砍斫，去岁花时，一树白梅斜倚在石面上，一地落梅自然成席。去年与友同来此处，行至御茶园，彼时天未亮，一树老宋梅在夜中尽数盛开、熠熠生光。举出相机拍照时一白影从眼前倏然飞逝，当时大惊，而友未见。遥想去年惊鸿一瞥，我和友人在此煮茶看花的余音犹在，花却不复了。环顾整个洞天，新种了许多匠气十足的桃花，不由生出了些许难过与悲愤，乐老师独自去石上抚琴。
那支《梅花》他终究没有弹。

落花时节又逢君

夜里接到异地友人电话，知会我明天中午到武夷，同行去慧苑看梅，不知不觉我们已看了多年。次日中午，友如期而至。姐

姐大惊"落了好大的雨呀"，我们相视一笑心领神会，落雨中的梅花才是清幽之至！在赏梅这桩一年一会的大事上，我们总是保持高度一致。不闻初开不见全盛，只看这雨中一些颓败和疏离、落英铺满小径的景致方觉风雅俱足。

慧苑有三处白梅可看，鹰嘴岩、慧苑寺、流香涧。在细雨中穿行，山苍子也开了许多，无奈与白梅同开，失色不少。过章堂涧，一树白梅空置在幽谷，如白雪皑皑倚了半边山，煞是好看。我们相携树下，一时竟然无语。雨和梅花俱下，纷纷扬扬落在身上，脑海里浮出了"吹灭读书灯，一身都是月"这样不相关的诗句来。到慧苑歇脚，吃盏热茶祛寒，便起身往幽谷深处流香涧。古人写"涧底流香花满树"来形容此涧。路上，友人央我读姜夔的"暗香疏影"给他听，刚诵至"江国正寂寂"便戛然而止，眼前有两只白鹇正悠然踱步，此时水石相薄跳珠溅玉，不远处一树老梅临溪而发。白鹇白梅一色，雨声溪声难辨，我们俩倒好像是置身世外的旁观者。

当夜送走老友，雨声稠密，像化不开的诗句，梦里都是雨打花落的情境。

止止庵探梅

次日第三场梅花，定于止止庵。简姑娘来了，约了两年，终于成行。方想与庵里的道人联系，云谷道长就给我发微信了。他说"山在这里，花也在这里，不知是你来看还是我拍给你看"，他是个有趣的人，经常说些有趣的话。简姑娘问武夷没有梅园吗？武夷确是没有成片的花林，俱是老梅，这里一株那里一棵，或置山谷，或倚僧道。想起读书时代去看林逋的孤山梅，大为失意。粉雕玉琢的堆砌实在是不符合心中梅妻鹤子的意味，古今毕竟不同。但再精致的梅花丢到武夷这山里来，要不了几年也该是粉饰尽去，独留一派山野的恣意天真了。

在止止庵用完午斋，与当家人韩道长同去看梅，说起我喜欢的白玉蟾曾长居止止庵修行，韩道长感慨比起祖师的苦难如今吃点苦又算得了什么。联想起止止庵近年来的处境，我缄默不语。韩道长年轻时应该是个绝世美人，手执拂尘，往梅边一立，一树梅花一道人，风韵天成。白玉蟾诗句里"羽衣常带烟霞色，不染人间桃李花"形容的应是如此。

三场梅花看毕，丙申探梅就此结束，也算"一日看尽长安花"了。

空山一个人

武夷山慧苑寺里有对楹联一直印象深刻，每次进山徘徊其下，总是会呆呆地站一会儿，"持身如泰山凝然不动则愆尤甚少；应事若落花流水幽然而逝则趣味常多"。在山里的那么多年，一出生就在了，也常偶得这样"落花流水、幽然而逝"的妙境，闲散而能忘机多缘于空山里的那些清音了，疏朗的、空灵的，直抵人心。

某日晨，独自山行慧苑坑，一路都没有遇到人，闻溪声鸟鸣，山林悄静。过流香涧，水石相薄，潾潾凿凿，跳珠溅玉，仿佛听取一首欢乐的歌，为之爽朗。微雨时在这里取泉烹茶，想起古人用"山雨初晴溪尚雾，涧底流香花满树"这样的诗句，不远转角处有几树白梅会在二月前傍水而发。

到慧苑寺躲雨，有两位老者对弈，三位茶工和我一样，避雨闲聊，门柱上仍是旧时诗句：春有百花秋有月，夏有凉风冬有雪。若无闲事挂心头，便是人生好时节。站在高处的走廊上看雾，看山水之间，听雨，听语，听棋子落下之声，天地有醍醐在其中。

白云庵是一所尼姑庵，是我最常去的山野小寺，庵中唯一一位出家师太，八十有余，面容慈蔼；一位做饭阿嬷常伴左右，一些长居或短居山林的来往村民帮助农事。白云庵的后山有一菜园，菜园边上一片竹林幽篁，远眺可观溪流九曲群山绵延，近处却是山径通幽青青翠竹，这是我上山爱流连的地方。寺庙里暮鼓晨钟，回廊外蝉鸣如织。

我听过最动人心的却是偶然于某个夏日午后闲步竹林边，菜园子里樵伯的斫柴之音。声声落于空山之中，令人倏然忘机。相传晋代有个叫王质的樵夫，在山上砍柴，见童子数人弈棋而歌，于是于一旁观看，棋局未终，手中的斧柄已经烂朽。回到乡里，无复当时人，才知观棋一盘，一百年已过去。现在却有一个叫草木君的小茶童因为乐闻樵夫斫柴之音而常常痴立山中，不知斯世何世，但觉心忽莹然开朗如满月，肌骨清凉。

在谷雨后的某日，访天心永乐禅寺问茶，一路映山红摧枯拉朽地开着，茶农们依旧忙着采摘茶青，山崖间有白鹇在悠然踱步。溪声、鸟鸣、茶香，山野的清欢伴我。在路上时心里嘀咕：从前只是远远地与天心禅寺的主持泽道法师见过一面，未曾听其讲佛论禅，不知此次夜访是否有缘一会。机缘便是如此巧妙，抵达天心禅寺时已是迟暮，只见院子里泽道法师一袭僧衣，翩翩而立，仿佛是约好的一般。他问我是否赶上了斋饭，面容和善。

院子里坐着很多人纳凉，我悄无声息地坐在茶工中间，大伙儿要求法师讲课，法师应允了，人们安静地听，无一人言语，蛙声蝉鸣令寺院的静气愈加浓重。讲课间，寺里的晚钟响了，声音很大，在山野中回荡，泽道法师依旧吐字如珠，浑圆清晰，声声入耳。夜色暗沉下来，山路不好走，我向法师告别出山，然而此番情景却真真切切地存在了心间。

禅宗里有三境，第一境是"落叶满空山，何处寻行迹"，第二境是"空山无人，水流花开"，第三境是"万古长空，一朝风月"，三境皆离不开一个"空"字。无论是雨声溪声、落棋之声、水石相薄之声，亦或樵伯斫柴之音，还是晨钟暮鼓、蝉鸣如织，都在空山里。置身山林，偶然的一声清音妙得，便觉世我两忘，空的不是山，是心。

打泉记

下午脚着布鞋欲山行，忽而不知为何进山，茫然失措，靡靡不前。母亲端来一壶，曰：打水去！行到兰汤境内换骨岩下，看到青山如斯，恍兮惚兮，有不知今夕何夕之感。见一幽谷，茶园一方，好奇一探，一块石头安然倚山，鸟啼花香，泉水汩汩而作，十分适合打坐。于是尽褪身上包袱，闭目盘腿，顿觉清凉盈室，妙不可言，戏作《打泉记》一首，仅供一笑尔：

　　一双芒鞋踏山径，
　　一把老壶为泉来。
　　一群鸟儿话家常，
　　一个茶童树下听。
　　一块顽石倚青壁，
　　一心安定坐四荒。
　　一阵清风穿林过，
　　一气浩然通仙灵。

习惯性地走到兰汤水源处打水，古语有云，山水上江水中井水下，而山水应取涓涓而流者。明布衣吴杖亦有云：武夷泉出南山者，皆洁冽味短；北山泉味迥别。盖两山形似而脉不同也。

予携茶具共访得三十九处，其最下者，亦无硬冽气质。据《武夷山志》：山南虎啸岩语儿泉，浓若停膏，泻杯中鉴毛发，味甘而溥，啜之有软顺意。次则天柱三敲泉，而茶园喊泉可伯仲矣。北山泉味迥别。小桃源一泉，高地尺许，汲不可竭，谓之高泉，纯远而逸，致韵双发，愈啜愈想愈深，不可以味名也。次则接笋之仙掌露，其最下者，亦无硬冽气质。

去过语儿泉数次，已成景区立牌游人合影之处，其水之脏不堪再饮。"夜半听泉鸣，如与小儿语。语儿儿不知，滴滴皆成雨。"此诗之幽趣亦不再了。观兰汤泉，从高处呈瀑布状冲下形成水潭，属湍急不堪汲者，要取应溯水源而去。本着科学探索的精神，欲汲，奈何石壁太滑，水壶几番打落，知不可得，遂罢。马头岩磊石道观所用的泉水亦佳，上次在那儿，陈道长特意指给我看，泉水乃从石缝中缓缓流出，极妙。

出山时，本不欲打水了，忽闻一处泉水叮咚作响，循声觅之，一股泉水从一处岩洞中沿着石壁缓缓流出，好奇心起，钻入石洞中探泉，洞中颇为幽暗，甚至于有些恐怖，心跳加速，闭眼打水，才满半桶，仓皇而出。

回到家后，用打来的山泉泡一常喝的肉桂，正好有一七旬老翁做客，请他共品此中差别，味道确实比一般桶装水泡的茶更为香馥浓郁。茶拜水而和，水为茶之母，信然。

大碗茶里的故乡

我曾经单纯地以为自己将没有故乡，我拥有的是存在的家乡，有家的地方不会是一个虚幻的已故之乡。这种想法在我呷上一口大碗茶后，消失不见了。每个人都会有故乡，潜藏在一些熟悉的事物里，一经触碰，便遥远地奔来与你相见。

前天我带了一些茶水去登山，当我想起拿出来喝时，茶的水温已经降得很低。就在这冷淡了的茶水里，我尝到了乡味，一些模糊熟悉的场景幻化出现在这茶味里，我看到了许多已经逝去却真实存在过的记忆，我变得异常激动，甚至要为此掉下泪来，我想这就是故乡。这两天我努力去寻回这一口茶的滋味，却无从寻得。后来发现以前我都是喝热茶，回味这味道时，我知道能让我模糊忆起故乡的是大碗茶，冰冷的，滋味醇薄的，最好是隔夜的。

大约五岁的时候就跟着母亲和姐姐到茶场去，挑拣茶叶，武夷山俗称"拣茶"。这是茶叶成为成品茶的其中一道工序，在走水焙之后，茶农需要把茶梗和黄片挑拣，留下芽茶，而拣茶的这道工序是老弱妇孺做的。当我仰脖喝茶的时候，想起了五岁的孩童躺在一堆茶里酣睡，那时候的茶场是古老而传统的土房，要穿过幽深的弄堂踏过青石板，下午孩子们困顿的眼神被点心来到的喊叫声点燃的瞬间，越南卷粉肉包菜包馒头芋头糕油饼冰棍儿。

我是家中最小的孩子，没资格拣黄片，于是拣了一个童年的茶梗。三伏天很热，我走得很远，一个人把茶笼和簸箕搬到了弄堂，风穿来，灌满风的裤管。我坐在竹椅上，认真地告诉自己，今天必须拣到一斤茶梗，拣茶时十指碰触簸箕类似小鸡啄米的声音，哆哆哆地响在无人的小巷，风吹动墙角的野草，顶上的黑瓦摇摇欲坠。我没看过自己的背影，但是每当我想起故乡，便想起自己拣茶时的背影，在一个逼仄的巷子里，应该是执着而认真的。巷子天生属于背影。

醇薄的茶汤里，我看到幼时的薄暮。缚在柳树上的响蝉，灵巧地把它捉来置在掌中嘶鸣。站起身，日子从肩上滑下去了，霞光万丈。看到了夏夜的雷雨，这种感觉就像一口气灌上一大碗冷茶。套着宽薄的布衫晃在夜里，风来把裤腿灌成饱满的帆。流萤在草间矮矮飞舞，耷拉着脑袋坐在青石板上，双脚浸着斑驳的树影，裤管一高一矮卷起，裸露出结痂的伤。我还想起了归去，奶奶家潮湿窄小的厨房，哔剥燃烧的木柴火光，坐在灶下抱膝，我把头深深埋进臂弯，微热，听老人絮语。

人生是归途，大碗茶里有我的故乡。

旧时月色

"道长，下午月亮就该升起来了吧。"

道长指了指屋檐外，白月原来已近中空，薄薄的半边月是云的样子，容易被忽略。为了贪看这月色，流连至傍晚方归。斜阳渐没，山月随行，转过山，天已经完全暗沉下来，清晖落在山道上，借着这月色倒是可以看清周围的景致。湛蓝夜下杂花野草已没入黑暗，松树一棵一棵从山崖边斜长出来，往常不容易注意到，此时松枝斑驳，松骨格外清奇好看。"松际露微月，清光犹为君"，信然。

随着年纪渐长人也日益疏懒，近几年已经很少专门为了看一轮清月而郑重其会。偶尔匆忙路中抬头瞥见一轮朦胧的满月挂在山边，山色碧蓝云光渺渺，一时恍惚迷惘。时光真是无情且易逝，转瞬又没入无尽的俗世中。

多年前看董桥写中秋月，时日虽久，想起来仍是一片旧黄的苍茫月色。从书架上翻出来重阅，"我们穿过蜿蜒的小路走上一条坡道，家家篱破扉斜，灯火昏暗，几株枯树在晚风中一息奄奄，拐一个弯，天上一轮明月宛如楼台彩灯那么近、那么亮、那么深情……絮叨的乡音，陌生的客途，月色一瞬间渗出几丝秋恨"。未曾经历过多的客途，月色也终究是旧时好看。

少年时期中秋常往天游峰赏月，是往昔武夷山人的惯例。中学时住在崇阳溪畔，中秋夜吃完晚饭骑着单车就去山里看月亮，从家骑车到天游峰下大概半个多钟，一路经过大王峰止止庵御茶园，穿行在山间，行道树交织成盖，月光从树间习习漏下，光影斑驳铺在路面，路侧的九曲溪清光粼粼分外灵动，山的轮廓棱角分明。伴随溪声一个人兴致盎然也不害怕，偶尔也会遇见三三两两同行的看月人。

行至天游峰下，人声渐喧，人影浮杂于山色密林间，颇有"空山不见人，但闻人语响"的意趣。转过茶洞，看月的游人在天游绝壁上鱼贯形成蜿蜒之势。天游峰是一块天然巨石，石壁因古时常年有流瀑落下而形成绝美的梳背纹。半小时不到登顶，恰逢满月从东面隐屏峰处袅娜而出。由朦胧的旧黄色升至中空便成朗月，如镜新磨，照见山峦如洗。

下山过茶洞时有一根老藤弯曲成天然的秋千，坐在上面晃荡几回，便觉自由快乐。溪边常有放河灯的人，如今因为景区禁严，已不复见。

家里大姐叫月圆，我是老么，循月字辈，配一个"微"。似乎父母的心情从最初的欢天喜地月色圆满到我这已经是弱到微乎哉。儿时不喜自己的名字，觉得过于秀气喊起来不够有气势，曾一度改名"岳云"，更有男儿气。如今却觉出几分"月到微时"的妙处来了，满则亏，人世间多余的一点点闲适天真已觉知足。

如今也爱看一弯弦月。山里的夏天燥热非常，傍晚骑车穿过山林去九曲溪上游嬉水，在平静的水面上游泳，缓慢前行。彼时日头渐落，青山沉稳如一方纸镇，余晖成染，溪面是古艳宣纸。待一切五光十色褪去尘埃落定，蹚一身清凉归时，弦月恰如一把金镰刀，落在山坳里，才是最清寂。

多年前也是某个傍晚和道长聊天，谈兴甚高，不觉已日暮西山，怕夜晚山路昏暗，欲告别归去。道长说"不着急，吃完晚饭再走嘛，山路有月光呢。"寥寥一句话里深含的天真古意，如旧时月色深印在我的记忆里，多番照我微茫归途，不曾忘却。

山行

清明将至，山里的茶发芽了，想一个人上山看它们。

清晨醒，利索地收拾好相机包，大约六点多到了山里。从九龙窠至大红袍母树，一路收集各个品种的茶叶做标本，北斗、小叶毛蟹、白牡丹、半天妖、白瑞香、铁罗汉，以及常见的肉桂和水仙。把它们捧在手心，看纹路、锯齿，对应它们的名字。向阳处的茶芽已经轻轻地舒展开了，满山都是新绿，背阴的地方，茶芽合抱成笋状。南枝向暖北枝寒，一种春风是两般。

一路都没有遇到人，溪声鸟鸣，山林很清很静。过流香涧，水石相薄，粼粼凿凿，跳珠溅玉，仿佛听着一首欢乐的歌，为之爽朗。

过了笠盘岩，雨渐渐地起，雾气也开始弥漫山林。

转弯，看到水仙茶林里有人在解手，必经的路旁。悄悄地退回，隐到转弯处，把手机里的音乐打开，一曲《寒山僧踪》，声音传得很远，停一会儿，再慢慢地走上前去。

闲暇间把慧苑寺的柱联都看了一遍，正呆立着注视观音像，听到"阿弥陀佛"，是在向我问好。微笑着合十回礼，是一位居士，号天润。两人谈起了武夷山的种种，意外地发现这位非本地的居士，极其熟悉武夷山的宗教道场，无论佛道。他向我引荐他的师兄，是位女居士。天禧师不在，我泡茶给他们喝，听天润居士说法，画者、茶工咸来。院子里八十多岁的出家人在斫柴，老妪在切笋，放眼之处，玉珠峰青翠如玉，眼前茶烟轻飏。茶间，天润居士把戴于手上的念珠赠我，推辞不能，随喜赞叹。

雨停又起，下了几番，再停，起身告辞。

走到寺墙边，天润居士的师兄站在竹山上向我告别，隔着青竹，一高一下，说了许多祝福的话，挥手再告别，缘起缘散，一场雨。

说武夷方言

武夷方言是我的母语，喜与亲友以方言交流，平常说着，便也细细咀嚼出不少有意思的地方。前几日看《苏轼诗集》中的一首《舟中听大人弹琴》，勾起了写这篇文章的欲望，和诗意无关，缘起"大人"二字。这首诗写于苏家三人初次赴京师应举的途中，行舟无事，听大人弹琴。诗下的小字标注了一句话：子称父为大人，始见《家语》。《家语》中有一则故事讲述的是曾子受杖：曾子和父亲一起劳作，因不小心斩断了瓜苗的根受到父亲的杖责，杖责中痛晕。曾子是出了名的孝子，醒后第一时间便想到了父亲："有顷乃苏，欣然而起，进于曾皙曰：向也参得罪于大人，大人用力教参，得无疾乎？"这里的"大人"便是父亲之意。这使我联想到武夷山方言中爷爷的叫法，我们喊"爷爷"为"阿大"，而同属建瓯语系中的政和，则称父亲为"阿大"。"大"在古汉语中有一含义便是对"年长者的尊称"，方言中的"阿大"想必就是如此。

昨天躺着思考武夷山话中对母亲的多种叫法，现今普遍喊妈，也有称娘的，还有一种叫法为"爱姐"，思前想后，可不就是阿姐嘛！《说文》中有记载：蜀谓母曰姐。我们称爸爸为"爷"，也是有典可循的，最熟悉的《木兰诗》："愿为市鞍马，从此替爷征。"

不知春 ——

冬天山人常温热自酿的红米酒佐餐以热络身体，常言"把酒热热"，在武夷山方言里，作为动词的"热"音近为"hōng"，几次听母亲皆言"pēng"酒，非"hōng"酒。好奇问之，母亲也不知所以然，推测再三，或许可能是比较古意的用语：烹酒。

房子在武夷山方言里是古汉语"厝"，锅是"鼎"，厨房是"鼎间"，晚上是"暗暝"，太阳是"日头"，玩是"嬉"，睡觉是"寐憩"，裙子是"下襕"，木匠是"作头"，学校是"学堂"，糯米是"秫米"，筷子是"箸"（古无舌上音，箸的发音类于 diōu，与我们同），诸如此类，不胜枚举。

撇过武夷山方言中的古意不谈，最让我难忘怀的是武夷山话中对女子"美"的定义。有一次偶然察觉到在武夷山方言中"漂亮"和"清水"竟然同音，都为"tèng xǔ"。有美一人，清如水兮；有美一人，如清水兮！好看的女子，当如清水。

武夷传统古老以方言歌之的民谣也很好听，可惜我不会唱。而母亲，现在仍会念着这些歌谣，以音乐般的节奏。每当她念起那首儿时上山砍柴的歌，便会沉醉在少女的回忆里，脸颊上泛起年少的光，荡开一层红晕，仿佛可以看到了她年轻的样子。

> 砍柴小孩不要慌
> 落了日头有月光

月光落了有星宿

星宿落了大天光

周朝有一种很美的官职：采诗。著名的《诗经》便有采诗官到
民间采风所得的歌谣。"哀乐之心感而歌咏之声发，诵其言谓
之诗，咏其声谓之歌。故古有采诗之官，王者所以观风俗、知
得失、自考政也"，如果当年的采诗官听到武夷山女子口中的
这首《砍柴歌》，想必也会纳入《诗经》吧。

记得当年与几位同乡从省城读书回山，半年未归家，同乡中有
一人一下火车便迫不及待和搭讪的司机说起了土话。说第一句
时吞吞吐吐，很羞涩，话还没说完，我们都笑了。近乡情更怯，
不敢问来人。

忆山中看梅

二月江南，梅花次第开放，赏梅的时候到了，我在江南，忆山中看梅的日子。

农历二月，在古老的中国有个诗意的别称：梅见。梅见梅见，顾名思义，梅花于二月始现，人们相携探梅，这便是早春的味道。在武夷山，梅花开得略早些，一月中旬便已经疏疏落落地挂上了枝头。白色的野梅先开，在青山幽谷、小桥溪畔、山村野径，这清香幽幽的白梅最是可爱。

记得梅花将开时的一日，一位七旬老人来家喝茶，这是一位老山人了，对武夷山的每个角落都很熟悉，言谈间他告诉我："你不知道哩！这星红原来不叫星红，它叫梅花村，因为这村很特别，分成五处，很像是梅花的五个花瓣，所以叫梅花村。"梅花村，多妙的名字，禁不住心动了几次，惊叹了几次。星红是武夷山的一个小山村，笔者恰是星红人氏，从此乐得自号"梅花居士"。

撇过这梅花村不谈，有多少人知道在武夷山的历史上曾经有个梅花庄？南宋武夷有位高士，名为赵必涟，自号山泉翁，筑室黄柏里燕子窠莲花峰旁的白崖山麓，手植梅花数百棵，为其住所取"梅花庄"之名，携其弟同隐其中，日日徜徉山水间。"一间茅屋傍溪斜，三径荒于靖节家。但得鹤粮随分足，更须锄月种梅花。"这首《自题梅花庄》便是出自庄主赵必涟之手，从诗句中窥探一二，颇有魏晋高士之风吧！

"梅花居士"是个山野粗人，因得了一些闲暇时刻，又恰逢山中梅花开，虽无高士之风，避世隐居，倒也效仿起古代的文人来，把饮梅酒，荷月看梅，梅下煮茶……关于梅花的清雅事也算是做得一二了，此文布列二三，于此记山中梅事。

正月十五，微雨

弘一法师临终偈语：君子之交，其淡如水。执象而求，咫尺千里。问余何适，廓尔忘言。华枝春满，天心月圆。元宵节，因想着这句偈语，觉得其境甚妙，虽春未满，日霾无月，但也算应得几分景了。清早便步至止止庵看梅，青山清水缘溪而行，庵中一树野梅缤纷开放，如冬雪皑皑倚了半边天去。鸟鸣深涧，山中云雾聚而又散，道人轻走穿梭，互道"无量天尊"，钟鼓声起，细雨斜飞，不须语，无须归。立在梅树旁，情景之中，拈得五绝诗一首。

止止庵探梅

云尽远山横，芒鞋湿雾行。
折梅惊鸟散，细雨落无声。

正月二十三，晴

正月二十三，阳光一扫阴雨，春意暖人。与好友相约，携上茶具，从星村镇漫步九曲至桃源洞寻梅，真如陶渊明文中所载：夹岸数百步，中无杂树，芳草鲜美，落英缤纷。只是由文中的桃花易为现实中的梅花，情景心境却是无二。桃园洞中两树梅花，并立于湖畔，临水照花，开得热热闹闹，遥知不是雪，为有暗香来。我们在梅树下的石桌上铺茶席，烹石泉，试香茗，聊人生一二乐事，好不快哉！

正月二十五，多云

与刘氏夫妇于天心禅寺吃晚斋，迟暮时择道马头岩磊石道观，访道亦问梅。马头岩磊石道观前有一梅树，此前已经是日盼夜盼，三探其花，为此友笑我是真真切切的"花痴"。因磊石道观位处山顶，气候较山下更为寒冷，所以花时也就落了后，足足迟了十天。想不到这凌霜傲雪的梅花也有弱不禁寒的时候。古语有云，厚积薄发，磊石道观门前的这株梅开得十分繁盛，缤纷一树，斜倚出尘，在蓝色的迟暮中，渐渐隐入黑暗中去。赏完梅，与道长一起吃茶，谈天。一盏烛光如豆，道长乘兴吹箫，清音涤耳，梅香暗涌，茶味悠然，此时幽趣，亦难与于他人言尔。

不知春 ——